AF185219

Tucholsky Wagner Zola Scott Sydow Freud Schlegel
Turgenev Wallace Fonatne
Twain Walther von der Vogelweide Fouqué Friedrich II. von Preußen
Weber Freiligrath Frey
Fechner Fichte Weiße Rose von Fallersleben Kant Ernst Frommel
Richthofen
Hölderlin
Fehrs Engels Fielding Eichendorff Tacitus Dumas
Faber Flaubert
Eliasberg Ebner Eschenbach
Feuerbach Maximilian I. von Habsburg Fock Zweig
Ewald Eliot Vergil
Goethe Elisabeth von Österreich London
Mendelssohn Balzac Shakespeare Dostojewski Ganghofer
Lichtenberg Rathenau
Trackl Stevenson Hambruch Doyle Gjellerup
Mommsen Tolstoi Lenz Hanrieder Droste-Hülshoff
Thoma
Dach Verne von Arnim Hägele Hauff Humboldt
Reuter Rousseau Hagen Hauptmann Gautier
Karrillon Garschin Defoe Baudelaire
Damaschke Descartes Hebbel
Hegel Kussmaul Herder
Wolfram von Eschenbach Dickens Schopenhauer
Darwin Melville Grimm Jerome Rilke George
Bronner Bebel Proust
Campe Horváth Aristoteles
Bismarck Vigny Barlach Voltaire Federer Herodot
Gengenbach Heine
Storm Casanova Tersteegen Gilm Grillparzer Georgy
Chamberlain Lessing Langbein Gryphius
Brentano Lafontaine
Strachwitz Claudius Schiller Kralik Iffland Sokrates
Katharina II. von Rußland Bellamy Schilling
Gerstäcker Raabe Gibbon Tschechow
Löns Hesse Hoffmann Gogol Wilde Vulpius
Luther Heym Hofmannsthal Klee Hölty Morgenstern Gleim
Roth Heyse Klopstock Kleist Goedicke
Luxemburg Puschkin Homer
La Roche Horaz Mörike Musil
Machiavelli Kierkegaard Kraft Kraus
Navarra Aurel Musset Moltke
Lamprecht Kind Kirchhoff Hugo
Nestroy Marie de France Laotse Ipsen Liebknecht
Nietzsche Nansen Ringelnatz
Marx Lassalle Gorki Klett Leibniz
von Ossietzky May vom Stein Lawrence Irving
Petalozzi Knigge
Platon Pückler Michelangelo Kock Kafka
Sachs Poe Liebermann Korolenko
de Sade Praetorius Mistral Zetkin

Der Verlag tredition aus Hamburg veröffentlicht in der Reihe **TREDITION CLASSICS** Werke aus mehr als zwei Jahrtausenden. Diese waren zu einem Großteil vergriffen oder nur noch antiquarisch erhältlich.

Symbolfigur für **TREDITION CLASSICS** ist Johannes Gutenberg (1400 — 1468), der Erfinder des Buchdrucks mit Metalllettern und der Druckerpresse.

Mit der Buchreihe **TREDITION CLASSICS** verfolgt tredition das Ziel, tausende Klassiker der Weltliteratur verschiedener Sprachen wieder als gedruckte Bücher aufzulegen – und das weltweit!

Die Buchreihe dient zur Bewahrung der Literatur und Förderung der Kultur. Sie trägt so dazu bei, dass viele tausend Werke nicht in Vergessenheit geraten.

Das Tier im Walde

Therese Rie

Impressum

Autor: Therese Rie
Umschlagkonzept: toepferschumann, Berlin

Verlag: tradition GmbH, Hamburg
ISBN: 978-3-8424-1227-9
Printed in Germany

Text der Originalausgabe

Therese Rie

(L. Andro)

Das Tier im Walde.

I.

Ich, Ambrosius Kettenmeier, schreibe in meinem vierundsiebzigsten Lebensjahre dies, mein seltsamstes Erlebnis nieder. Ich schreibe es im Sommer des Jahres 1886, genau fünfzig Jahre nach seinem Geschehen und ich muß es tun, weil niemand auf meine Reden hören will. Denn meine Kinder meinen mit einem Lächeln, all dies wäre das törichte Gefasel eines Greises und sie haben mir verboten, ihren Kindern davon zu erzählen, auf daß ich ihnen ja nicht dergleichen Köhlerglauben in den Kopf setze. Sie ist freilich arg gescheit geworden, ihre Zeit: man setzt sich in das wohlgepolsterte Kämmerlein eines eisernen Häuschens, das durch Dampfkraft getrieben wird, und am nächsten Morgen wacht man einem fremden Lande auf und hat gar nichts von der Reise gemerkt. Man drückt an einem Ende der Welt auf einen Taster und am andern entstehen lauter Punkte und Striche, aus denen genau zu ersehen ist, was der erste gemeint hat. Sie haben viel gewonnen in dieser Zeit, das ist wahr, aber sie wissen nicht, was sie verloren haben. Sie haben es verlernt, die geheimnisvollen Stimmen der Natur zu verstehen, sie kennen die guten und bösen Gewalten nicht mehr, die dort ihr Spiel treiben. Sie werden alle reich in unsern Tagen und wissen nicht, wie arm sie geworden sind. Doch das sind, wie meine Kinder sagen würden, törichte Gedanken eines alten Mannes, der in diese Welt nicht mehr hineinpaßt. Ich schreibe dies des Abends beim Schein einer kleinen Öllampe. Es ist schwül in dem Dachkämmerchen, das sie dem Alten eingeräumt haben. Von unten höre ich gedämpft das Klavierspiel meiner Enkelin, ihre Finger sausen stürmisch von einem Ende der Klaviatur zum andern. Ich kann keine rechte Musik heraushören, aber man sagt mir, sie spiele virtuos und das Stück wäre eine glänzende Paraphrase von Liszt. In meiner Jugend spielten wir Mozart; mir klang das anders. Aber ich muß mich beeilen. Meine Augen sind schwach, meine Finger zitterig. Wer weiß, ob ich mit meiner Arbeit zu Ende komme.

Ich bin ein Försterssohn. Meine erste Kindheit habe ich in Wäldern verbracht, die mir wunderbar schienen, die voll von schönen und unheimlichen Märchen waren, welche sich die wenigen Menschen, die ich kannte, mit leiser Stimme erzählten. Ich war noch sehr klein, als mein Vater starb. Er wurde eines Nachts tot aus dem Wal-

7

de nach Hause gebracht, und es scheint, der Schlag habe ihn gerührt. Ich habe mich freilich später zuweilen gefragt, ob denn ein kräftiger Mann so ohne weiteres umsinken könne und tot sein, oder ob nicht dunklere Mächte ihre Hand dabei im Spiel gehabt haben. Doch das gehört nicht hierher.

Der unverheiratete ältere Bruder, ein angesehener Baumeister aus Wien, holte uns nun zu sich in die Stadt. Meine Mutter, selbst ein Stadtkind, das nie gern auf dem Lande gelebt hatte, fand sich, nachdem der erste Schmerz vorüber war, rasch genug in ihr Leben, das von Haushalt und Familienbeziehungen ausgefüllt war. Mir ward das Dasein wesentlich schwerer. Eine unbändige Sehnsucht nach dem Rauschen der Bäume trieb mich hinaus, wenigstens auf das Glacis, wo ich etwas Grünes sehen konnte, wiewohl diese wohlgehaltenen Anlagen weltenweit von der geliebten Wildnis verschieden waren. Des Sonntags unternahm ich zuweilen eine Wanderung in die Umgegend, die damals noch nicht durch ein Eisenbahnnetz mit der Stadt verbunden war, allein ich kam nie weit genug, um es ganz still, wild und einsam genug haben zu können.

Die Sehnsucht nach der geheimnisvollen Welt meiner Kinderjahre beherrschte meine ganze Jugend. Indessen ging ich fleißig zur Schule und da ich recht geschickt im Zeichnen war, meinte mein Onkel, ich möchte Maler werden, was sich zu seinem eigenen Baumeisterberuf wohl schicken und mir zu mancherlei Aufträgen verhelfen könnte, da das Ausschmücken der Häuser mit Fresken recht beliebt zu werden begann. Ich kam also auf die Akademie, in die Schule Meister Rahls, aber obwohl ich ganz leidlich mitkam, fühlte ich bald, daß die großen Kartons und Bilder, die wir da entwerfen lernten, meine Sache nicht seien. Es zog mich zum Kleinen, zum Kleinsten in der Malerei, ich malte auf talergroßen Elfenbein- und Metallplättchen, die ich von meinem Ersparten erwarb, ich malte immer nur Heilige, am liebsten aber die Mutter Gottes, und ich bemühte mich, sie so zart, so liebevoll, so fein zu bilden, daß es auch im allerkleinsten an nichts fehle. Meine Kameraden verlachten mich ob dieser Kunst, die nur mit der Lupe zu würdigen sei, mein Oheim schalt über die Spielerei, aber er beruhigte sich, als er eines Tages solch ein Elfenbeinplättchen zufällig einem vornehmen Herrn gezeigt hatte und dieser es nicht nur sofort erwarb, sondern mir noch einige neue Aufträge gab. Ohne daß ich recht wußte, wie es kam, folgte nun eine Bestellung auf die andere. Ich malte auch Porträts, wobei ich mich bemühte, die Gesichter immer ein wenig hübscher und vollkommener zu machen, als die Natur sie gebildet, am häufigsten aber malte ich die allerheiligste Mutter Gottes im blauen Schleier mit der Sternenkrone und es wurde unter den vornehmen und frommen Damen der damaligen Zeit eine förmliche Mode, solch ein Bildchen von mir, mit Edelsteinen umsäumt, auf der Brust zu tragen. So kam es, daß ich bald von der Unterstützung meines Oheims unabhängig wurde, der als ziemlich geiziger Mann solches wohltätig empfand. Aber auch ich war geizig. Denn alles Geld, das ich nicht zum Lebensunterhalt brauchte oder meiner Mutter gab, sparte ich in einem alten Strumpf sorgsam zusammen, mir endlich jene Reise in Wälder und Berge gönnen zu können, von der ich seit meiner Kindheit träumte. Als ich mein vierundzwanzigstes Jahr erreicht hatte, war mir der Strumpf endlich schwer genug. Ich fand auch einen Reisegefährten in einem jungen Gehilfen meines Onkels, einem muntern Burschen, den es gleichfalls aus der Stadt hinaustrieb. Wir wollten in jene Gegend, die man das Salzkammergut nennt, die überreich ist an Bergen, Seen und Wäldern und in der damals noch nicht wie heute ein wohlgepflegter Kurort neben dem andern lag, sondern wo noch Stille, Wildnis und Einsamkeit zu finden war. Allerhand Umstände verzögerten jedoch unsere Reise und es ging schon auf den Spätsommer, als wir aufbrachen. Meine Mutter war sehr ängstlich, denn in jenem Sommer waren viele Nachrichten über kühne Bergsteiger gekommen, die gerade in jenen Gegenden verunglückt waren, ich beruhigte sie jedoch, daß wir keinerlei sonderliche Kühnheiten, sondern nur mäßige Wanderungen zu unternehmen gedächten, und so ließ sie uns endlich ziehen. Wir fuhren mit der Post bis Linz und wanderten von da landeinwärts bis zu einem freundlichen Städtchen an einem blauen See, wo wir einen Tag rasten und den berühmten Schnitzaltar der Kirche besichtigen wollten, worauf dann die eigentlichen Höhenwanderungen beginnen sollten.

Der dicke und geschwätzige Wirt unseres Gasthofes riet uns jedoch sehr von unserem Vorhaben ab. In der Tat seien in diesem Sommer die Bergwanderer von einem merkwürdigen Verhängnis verfolgt, und nicht nur sie, nein, auch Landeskinder, die Weg und Steg wohl kannten, hätte man tot aufgefunden, alle rücklings abge-

9

stürzt, mit gebrochenem Genick und völlig ausgeblutet. Es sei dies wohl auf die besondere Unbeständigkeit des Wetters zurückzuführen, das an scheinbar schön beginnenden Tagen oft Schneestürme und namentlich schwere und gefährliche Nebel sende, die keinen Blick vor- oder rückwärts zuließen. Wir seien unerfahrene Stadtherren und er rate uns, unsere Erholungszeit hier in seinem sicheren Gasthofe zuzubringen, wo er bestens für uns sorgen wolle, und wo der Blick auf See und Berg sowie kleine Spaziergänge uns bekömmlicher sein würden als wagehalsige Unternehmungen.

Mich dünkte es, als ob der Wirt im Interesse seiner augenblicklich schon recht leeren Herberge spräche, aber auf meinen Gefährten schienen seine Worte Eindruck zu machen, und am Abend geschah etwas, was ihn noch mehr zum Hierbleiben bestimmte: es war nämlich eben Bürgermeisterwahl gewesen, und die Honoratioren des Städtchens vereinigten sich im Wirtshause zu einem Festessen mit Tanz, an dem auch wir beiden Städter uns eifrig beteiligten. Hier fiel mir ein besonders hübsches Mädchen, die Tochter des Kaufmannes auf, der mein Freund sehr zum Ärger der ortsansässigen Burschen nicht von der Seite wich und von der er eifrig bestrebt war, mich fernzuhalten. Als ich am nächsten Morgen mein Ränzel schnürte und ihn aufforderte, ein gleiches zu tun, erklärte er mit allen Zeichen der Verlegenheit, daß er gern noch geblieben wäre; er spüre die Wanderung der letzten Tage noch in allen Gliedern und die Worte des Wirtes schienen ihm vernünftig. Ich begriff sofort, daß er sein Abenteuer mit der Schönen noch nicht abzubrechen wünsche und erklärte, die Wanderung allein fortsetzen zu wollen, wovon er mir nur schwach abriet, denn es war ihm offenbar darum zu tun, sich einen möglichen Rivalen vom Halse zu schaffen. Auch mir war es nicht unlieb, meine Reise allein zu machen, denn schon die wenigen Tage mit dem immer gesprächigen Gefährten hatten mir gezeigt, daß in seiner Gegenwart an eine beschauliche und verträumt schweigsame Wanderung, wie ich sie erhofft hatte, nicht zu denken war. So verabredeten wir, uns erst in Salzburg, dem Schlußpunkt unserer Reise an einem bestimmten Tage wieder zu treffen, dann zog ich bei herrlichstem Wetter fürbaß, die Warnung des Wirtes verlachend, das gerade von solchen morgenwarmen Tagen Tücken verhieß.

Mein Weg war mir auf der Karte sauber und genau vorgezeichnet. Ich sollte erst die Waldstraße nehmen, dann auf einen Fußpfad abbiegen und endlich, diesen verlassen, indem ich mich immer bergauf hielt, am Nachmittag aus dem Hochwald ins Krummholz gelangen, bis ich schließlich auf eine Hochwiese kommen mußte, wo ich in einer Sennhütte nächtigen konnte. Am nächsten Morgen würde ich dann den Gipfel eines Berges besteigen, der eine märchenhafte Aussicht über die Gebirgsketten und Seen ringsum verhieß und so nach und nach ohne Anstrengung, mit genau vorgesehenen Nachtlagern und Ruhepausen das ganze herrliche Gebiet durchstreifen. Schon lagen die Häuser und Felder hinter mir, ich hatte das Seeufer verlassen und die wunderbare Welt des Waldes umfing mich mit ihrem vollen Zauber; hier schien es mir noch harziger, noch duftender, noch einsamer als in der Heimat meiner Kinderjahre. Erst traf ich ein paar Holzfäller, dann wurde es ganz still. Ich war ein paar Stunden glücklich, wie ich es nie vorher noch nachher im Leben gewesen bin.

Als es jedoch auf den Nachmittag zuging, konnte ich mir nicht verhehlen, daß ich nicht mehr so rüstig ausschritt, wie zu Beginn. Es war schwül geworden, der Himmel hatte sich grau umzogen und allmählich fühlte ich mich von einem feuchten Nebel umrieselt, der den Worten des Wirtes recht zu geben schien. Dies war unerfreulich, aber Wetterlaunen dürfen den Wanderer nicht schrecken. Noch war es nicht dunkel, aber eigentümlich grau und lustlos, und ich sagte mir nicht ohne Bedenken, daß ich nun nachgerade schon ins Kurzholz hätte kommen müssen. Noch aber dehnten sich hohe Stämme in unabsehbaren gotischen Bogen, der Regen rieselte dichter, die Schwüle hatte nasser Kälte Platz gemacht, und ich mußte mir endlich gestehen, daß ich mich, obwohl ich mich genau an meine Richtung zu halten geglaubt hatte, vergangen haben mußte.

Meine Kleider hingen feucht und schwer an mir, ich war müde und es deuchte mir, als sollte ich mich mit dem Gedanken vertraut machen, die langsam einbrechende Nacht im Walde zu verbringen. Ich sah mich nach einem Unterschlupf um und fand endlich einen etwas überhängenden moosigen Felsen, der freilich nur ein unvollkommenes Obdach bot.

Indessen hatte ich das Bedürfnis, ein wenig zu ruhen. Ich versuchte, mich an den Resten meines Proviants zu erlaben, der naß und unschmackhaft geworden war, dann starrte ich in den Regenschleier vor mir, der immer dichter wurde und empfand zwar keine Furcht, aber Ödigkeit und Langeweile. Vor mir lagen ein paar dürre Tannenzweiglein. Ich nahm sie auf, knickte und verflocht sie zu allerhand geometrischen Figuren und versuchte, mich auf diese Art zu zerstreuen. Dabei kam ich ganz zufällig auf die Figur des Drudenfußes und dabei fiel mir die Erzählung eines alten Weibes aus meiner Kindheit ein, daß diese Figur vor den bösen Geistern des Waldes schütze. Lächelnd hängte ich die fest verflochtenen Zweiglein an den Rockknopf auf meiner linken Brust. Da geschah etwas höchst Seltsames: In dem Augenblick, in dem die Figur meine Herzgegend berührt hatte, ging ein Blitzstrahl blitzend und jäh vor mir in die Erde nieder. Ich hätte, trotzdem dieser Landregen keinerlei Gewittercharakter trug, an einen Blitz glauben müssen, wenn sich ein Donnerschlag hätte vernehmen lassen, was bei der Nähe des Geschehens unmittelbar darauf hätte erfolgen müssen. Allein, es erfolgte keiner, dafür hörte ich ein eigentümliches Knacken in den Ästen des Gebüsches und sah ein sehr großes Tier herausbrechen und in hastigem Lauf davonjagen. Die Schnelle des Geschehens, Dämmerung und Nebel hinderten mich, seine Form genau zu erfassen, aber soviel glaubte ich an seinen schwerfälligen Sprüngen zu erkennen, daß dies kein leichtfüßiges harmloses Rotwild war. Zugleich fiel es mir aufs Herz, daß ich von dem Vorkommen wilder Tiere in jenen Wäldern gelesen hatte, die sich freilich höchst selten und nur im Winter zeigten. Wie dem auch sein mochte, ich fühlte plötzlich, daß dieser Fels keinen Schutz für einen nur mit seinem Jagdmesser bewaffneten Wanderer bot und beschloß weiter zu wandern. Ich hatte früher auf meinem Wege leerstehende Holzhütten gesehen, es mochte sein, daß mir der Zufall noch eine in den Weg führte. Ich hatte Glück; nach kaum halbstündiger Wanderung gewahrte ich ein Licht und beim Näherkommen sah ich, daß es in einem ganz stattlichen Häuschen brannte, das allem Anschein nach ein Forsthaus sein mußte. Dies war mehr, als ich zu hoffen gewagt hatte. Ich pochte an das Tor, da hörte ich von drinnen den erschreckten Aufschrei mehrerer Frauenstimmen und zugleich vernahm ich schwere Tritte, die sich der Tür näherten, aber nicht um sie zu öffnen, sondern, wie ich deutlich hörte, um einen eisernen

Riegel vorzuschieben. Dies erschien mir wenig gastlich und ich ärgerte mich über die törichte Ängstlichkeit dieser Waldbewohner. Ich klopfte also nochmals, indem ich zugleich meine Stimme erhob und mich als einen völlig harmlosen, vom Regen überraschten Wanderer zu erkennen gab, der um ein Nachtlager bitte. Nun hörte ich drinnen eine kurze Beratung, dann näherten sich wieder schwere Tritte der Tür, der Riegel wurde zurückgeschoben und durch den Spalt lugte der graubärtige Kopf eines Mannes. Ich wiederholte mein Anliegen, der Spalt wurde breiter, wobei ich an der Kleidung des Mannes den Förster erkennen konnte, und er musterte mich schweigend mit scharfen Augen von oben bis unten.

»Treten Sie ein«, sagte er endlich, »aber das da« – er wies auf den Drudenfuß aus Tannenzweigen, der noch immer an meinem Rockknopf hing – »lassen Sie draußen. Hier tritt man mit dem Zeichen des Kreuzes über die Schwelle.« Ich warf das Ding fort, dann trat ich über die Schwelle des Hauses, dreimal das Kreuz schlagend, wobei der Förster seinen Blick nicht von mir ließ.

II.

Aus der kleinen steingepflasterten Vorhalle wurde ich in den hellen Wohnraum geführt und blieb, von dem Licht geblendet, einen Augenblick an der Tür stehen. Ich übersah mit einem Blick das einfache Wohnzimmer einer Försterwohnung, nicht viel anders, als es bei uns daheim gewesen war. Auch hier brannte unter einem Madonnenbild ein ewiges Licht und auch in einem roten herzförmigen Lämpchen, wie seinerzeit bei uns. Plötzlich fiel mir ein, daß es in unserem Hause nur ein einziges Mal ausgegangen war und zwar an dem Tage, der dem Tod meines Vaters voranging, was späterhin als böses Vorzeichen gedeutet wurde. Hier aber brannte es noch und es waren auch sonst viel fromme Bilder in der Stube, was mich, den Madonnenmaler, heimisch anmutete. Mitten auf dem Eßtisch stand streng und hochgereckt ein gezimmertes Kruzifix. Bei meinem Eintritt erhoben sich zwei Frauen, eine ältere und eine jüngere und mir fiel auf, daß sie mit den Händen nach einem blitzenden Gegenstand auf ihrer Brust faßten und ihn ein wenig emporhielten. Ich sah, daß es silberne Kreuze waren, welche sie an Samtbändern um den Hals trugen. Ich merkte, daß ich in ein sehr frommes Haus gekommen war, und so schien es mir angemessen, nochmals das Kreuz zu schlagen und mit dem Gruße:»Gelobt sei Jesus Christus« einzutreten. Ich hatte wohl das Richtige getroffen, denn ich hörte die Worte: »In Ewigkeit Amen« und die Frauenhände sanken von den Kreuzen herab und streckten sich mir zu freundlichem, wenn auch zurückhaltendem Gruße entgegen. Ich nannte kurz Namen und Herkunft, erzählte ohne näheres Eingehen, daß ich vom Regen im Walde überrascht worden sei und bat um Unterkunft und ein wenig warmes Abendbrot, da ich hungrig und durchfroren sei. Der Förster meinte, sie hätten zwar schon zu Abend gegessen, aber etwas für mich würde wohl noch da sein und während die Tochter in die Küche ging, betonte ich, daß ich nicht als Bettler komme, sondern gewillt sei, meine Nahrung und Unterkunft zu bezahlen, was das Ehepaar jedoch gleichgültig ließ. Das junge Mädchen brachte eine Schüssel Kartoffeln in dampfender Milch, und ich wollte mich eben heißhungrig darüber hermachen, als mich der Vater streng verwies: »In diesem Hause pflegen wir für jede Mahlzeit Gott zu danken.« Wiewohl ich stets von herzlicher Frömmigkeit erfüllt gewesen war, erschien mir dies Verfahren ein wenig umständlich, allein ich willfahrte dem Begehr, wobei ich bemerken konnte, daß die Blicke aller Anwesenden scharf an meinen Lippen hingen. Als ich gegessen hatte, nahm der Förster ein Licht, führte mich eine Treppe höher und wünschte mir gute Nacht. Beim flackernden Schein des Talglichts sah ich nur soviel, daß das kleine Kämmerchen einfach und sauber war wie alles hier im Hause; auch hier fehlte ein gezimmertes Kreuz nicht. Ich entkleidete mich, warf mich ins Bett und verfiel alsbald in tiefen Schlaf.

Ich sollte mich jedoch seiner nur wenige Stunden erfreuen, denn um Mitternacht – ich konnte es mit einem raschen Blick auf meine Uhr feststellen – erwachte ich von einem furchtbaren Schrei. Ein Schrei ist im Grunde nicht das richtige Wort für das entsetzliche Heulen, von dem man nicht unterscheiden konnte, ob es von einem Menschen oder von einem Tier ausgestoßen worden war. Etwas wie rasende Verzweiflung, wie wüste Gier und wilder Triumph klang daraus. Ich konnte es mit vollkommener Deutlichkeit vernehmen, obwohl es in beträchtlicher Entfernung ausgestoßen worden sein mußte, und mir gefror das Blut. Aber auch die anderen mußte es erweckt haben, denn ich hörte von unten Frauenstimmen und das Durcheinander aufgeregter Menschen. Besorgt, es könnte der Familie meines Gastfreundes etwas zugestoßen sein, fuhr ich hastig in meine Kleider und eilte hinab. Vor der Tür des Wohnzimmers vernahm ich Fetzen eines Gesprächs. »Er ist es, er ist es!« rief jammernd eine Stimme, offenbar die der Frau, »das Unheil ist nun bis zu uns ins Haus gekommen!«»Nein«, erwiderte eine dunkle Stimme, vermutlich die des Mädchens beruhigend, »er ist es nicht. Träte solch einer mit dem Zeichen des Kreuzes über die Schwelle?« Es schien mir, als sprächen die beiden Frauen von mir und ich stieß die Türe auf. Bei meinem Eintritt ging es wie eine Erleichterung über ihre Gesichter. Mir fiel auf, daß sie vollständig angekleidet waren, aber ein wenig zerdrückt und zerzaust, als ob sie sich in den Kleidern aufs Bett geworfen hätten. Nun ging die Haustür und der Förster kam aus dem Walde zurück. Schweigend stellte er seine Büchse fort, seine Tochter blickte ihn an, er schüttelte den Kopf. Auch ich wollte reden, »Fragen Sie nicht,« sagte er fast feierlich zu mir, »und sprechen Sie mit uns ein Gebet für eine arme Seele, deren ferneres Schicksal wir nicht mehr kennen.« Ich wollte dennoch fragen, er aber legte den Finger an die Lippen. Dann traten wir um das Kruzifix und sprachen ein stilles Gebet. »Nun mögen Sie sich zur Ruhe legen«, sagte der Förster. »Heut' nacht wird nichts mehr Sie stören.« Ich begab mich nach oben, aber das Bewußtsein eines rätselhaften Geschehens bedrückte mich und ich wälzte mich lange grübelnd hin und her. Endlich aber siegten Jugend und Ermüdung und ich schlief bis tief in den Morgen.

Der Regen hatte aufgehört, aber die Luft war so grau und freudlos, so wenig einladend zum Wandern, daß ich schon bereute, mich in das Abenteuer dieser Fußreise eingelassen zu haben. Unter meinem Fenster lag das zum Hause gehörige Gärtchen, aber wiewohl es sorgsam gepflegt schien, kam das Gemüse hier nur spärlich fort und keine Blume zeigte sich an den Stöcken. Der Wald stand zu hart daran und nahm ihnen die Sonne. Eine große Traurigkeit schien mir über allem zu liegen. Ich ging hinab ins Wohnzimmer, wo ich das junge Mädchen beim Aufräumen beschäftigt fand und sie brachte mir Frühstück. Ich fragte sie, ob sie und die Ihren etwas dagegen hätten, wenn ich noch einen Tag hierbliebe, da das Wetter so gar nicht zur Weiterreise locke. »Bleiben Sie nur«, sagte sie hastig. »Es ist besser für Sie, wenn Sie bleiben und am Ende auch für uns.« »Nach dieser Äußerung glaubte ich eine Frage über die Vorgänge der Nacht an sie richten zu dürfen, allein sie fuhr zusammen und gebot mir Schweigen.

»Mißverstehen Sie mich nicht«, sagte ich. »Es ist nicht Neugierde allein, die mich zu dieser Frage treibt, sondern es scheint wir, als wären Sie und die Ihren, ja alles ringsum im Banne eines furchtbaren Geschehens, das ich nicht enträtseln kann.«

»Fragen Sie nicht«, bat sie erbleichend. »Wenn ein Fremder danach fragt, könnte es sein, daß es …«

»Daß es …«

»Daß es erscheint«, sagte sie zusammenfahrend.

»Diese Macht wird es wohl nicht haben,« sagte ich, »es müßte rein ein Teufel sein oder ein böser Geist …«

»Still!« rief sie aus. In diesem Augenblick wurden wir unterbrochen. Ein Mann im Uniformrock kam vorbei, blieb am Fenster stehen grüßte und fragte kurz: »Es soll heut' nacht wieder was gegeben haben, sagen mir die Holzhauer.«»Jawohl, Herr Forstinspektor«, versetzte das Mädchen knapp.

Der Inspektor, ein langer magerer Mann mit blondem Backenbart und einem kalten nichtssagenden Amtsgesicht fragte weiter:»Wo ist der Vater?«

»Schon in der Früh mit dem Martin auf Suche gegangen«, sagte das Mädchen und es fiel mir auf, wie stramm und sachlich die vorhin so Erregte auf seinen Amtston einging.

»Schön. Wenn er zurück ist, soll er sich bei mir melden«, sagte der Forstinspektor und griff mit zwei Fingern an seine Kappe. Da kam von der anderen Seite der Förster heran. Ich war überrascht, wie machtvoll und hochgereckt seine Gestalt wirkte, mir war das am Abend gar nicht so aufgefallen, aber sein Gesicht schien mir noch gramvoller zu sein.

»Gefunden?« rief ihm der Inspektor entgegen.

»Zu Befehl, Herr Forstinspektor.«

»Wer war's?«

»Die Sennen-Marie. Sie ist bei ihrem Geliebten, dem Holzhacker-Alois gewesen, der mit einer Fußwunde in seiner Hütte liegt und hat wohl in der Nacht den Weg hinauf verfehlt.«

»Tot?«

»Natürlich«, sagte der Förster mit einer Bitterkeit, die ganz von seinem bisherigen sachlichen Ton abwich.

»Wo?«

»Am Rockenstein.«

»Wie hat man sie gefunden?«

»Wie man sie alle findet.«

»Was soll das heißen?« fragte der Forstinspektor scharf. »Nach rückwärts abgestürzt, der Hals gebrochen, der Knochen durch die Schlagader gestoßen, ausgeblutet – hat man je gehört, daß das fürchterliche Geschöpf jemanden anders zugerichtet hat?«

»Nun ist's aber genug!« rief zornig der Inspektor. »Da bemüht man sich, euch abergläubischem Volk Vernunft beizubringen und ihr bleibt bei euren Köhlermärchen. Ich weiß schon, Herr Förster«, sagte er plötzlich in respektvollerem Tone,»daß Sie nicht zum Volk gehören – aber es ist schlimm genug, daß Sie, ein intelligenter Mensch, nichts von Aufklärung wissen wollen. Abstürze sind in jeder Alpengegend unvermeidlich und augenblicklich knüpft ihr eure Schaudergeschichten daran. Ich glaube noch immer an die Zufälligkeit dieser Geschehnisse. Sie, als Waidmann, wissen am besten, daß sich keine Spur eines Tieres findet, und was die Menschen betrifft, so spricht auch vieles dagegen. Sollte aber ein Mensch der Schuldige sein, so wird er unserer Wachsamkeit nicht entgehen.«

»Sie wissen selbst, Herr Forstinspektor«, sagte der Förster und sah dem andern fest ins Gesicht,»daß ein Mensch nicht der Schuldige ist.«

»Schweigen Sie und schämen Sie sich!« rief der Inspektor und stampfte mit dem Fuß. Dann richtete er seinen kalten Amtsblick auf mich, der noch immer am Fenster stand, und fragte:»Wer ist der Herr?« Ich gab Auskunft.»Haben Sie Papiere?«

Ich hatte sie bei mir, und er überflog sie.»Ist gut«, sagte er und gab sie mir zurück, wobei er seinen harten Blick nicht von mir ließ. Dann gab er dem Förster noch eine Anweisung zur Bergung der Leiche und ging. Mir fiel auf, daß er vor dem Hause plötzlich stehen blieb und ins Gebüsch griff. Ich sah dort den Drudenfuß aus Tannenzweiglein hängen, den ich am Abend vorher weggeworfen hatte. Er hob das Ding an seine Augen, lachte höhnisch und zermalmte es unter seiner Stiefelsohle zu kleinen Stücken.

Der Förster war ins Zimmer getreten und schlug mit der Faust auf den Tisch.»Da haben wir die hohe Behörde!« rief er zornig. »Das gestempelte Amtspapier ist ihnen wichtig – das Grauenvolle, das sich in unserer nächsten Nähe zuträgt, soll Zufall oder verbrecherische Menschentat sein!«

Das Mädchen war in die Küche gegangen und es schien mir nun der Augenblick gekommen, endlich zu hören, was ich zu hören brannte. Doch kaum hatte ich meine Fragen gestellt, als der Mann verschlossen wurde und sie abwies. Soviel hatte ich schon begriffen, daß die Untaten ringsum einem Wesen mit besondern Kräften zugeschrieben wurden, und blitzartig fiel mir mein unheimliches Erlebnis von gestern ein mit dem plötzlich niedergehenden donnerlosen Blitz und dem davonjagenden fremdartigen Tier. »Es gibt wohl viele dunkle Dinge im Walde«, fragte ich.

»Sehr dunkle. Sie sind nicht nur im Walde, sie sind auf der ganzen Welt. Aber hier spürt man sie besser, weil hier Naturkräfte leben, die sonst von überall vertrieben sind.«

»Ist nicht Gott die Natur?« fragte ich.

»Welchen Gott meinen Sie?« gab er zurück. »Es gibt viele.«

Ich sah auf das Kruzifix vor mir. »Sind das nicht heidnische Worte in einem so frommen Hause?«

»Was ist Heidentum? Auch das ist Glaube.«

»Aber ein böser.«

Er sah mich groß an. »Die Natur kennt gut und böse nicht. Hier geschieht, was geschehen muß. Das Christentum kommt nicht aus der Natur. Darum flüchten wir zu ihm, wenn wir vor Unbegreiflichem flüchten müssen – um uns und in uns.«

Ich verbarg meine Überraschung nicht. »Sie wundern sich über solche Worte hier«, meinte der Förster. »Im Walde lernt man über manches nachdenken. Übrigens war ich nicht immer im Walde. Und vielleicht,« sagte er düster, »wäre es besser für mich gewesen, ich wäre nie hergekommen.«

Ich war etwas beklommen. »Übrigens«, fuhr er fort, »möchte ich Sie darüber beruhigen, daß Sie sicherlich in kein heidnisches Haus gekommen sind. Ich selbst bin sogar Mönch gewesen – wenigstens Novize. Ich stamme aus einem sehr frommen Hause. Ich selbst sehnte mich nach Stille, Andacht und Beschaulichkeit. In dem Kloster, in das ich eintrat, war freilich nicht viel davon zu finden. Die Leidenschaften trugen andere Namen, aber es waren die gleichen wie in der Welt draußen. Aber selbst, wenn ich ein ideales Kloster gefunden hätte, deren es ja geben mag – ich hätte nicht bleiben können.«

Er schwieg. Ich wollte zu meinem ursprünglichen Thema zurückkehren. »Sie sprachen vorhin zu dem Inspektor von einem Wesen, das ein seltsames Ungetüm sein muß. Er schien es für eine Spukgeschichte zu halten.«

»Er ist die Behörde«, sagte der Förster verächtlich. »Ob er nicht noch Schlimmeres ist – das wird sich zeigen. Spuk freilich, davon habe ich gewiß nicht gesprochen. Das gibt es nicht. Es gibt nur einen ungeheuren Kampf zweier Mächte, die gleich stark sind.«

»Wir kennen nur die Macht unseres Gottes.«

»Unser Gott war nicht immer Herrscher hier.«

»Und doch haben Sie, Herr Förster, Ihr ganzes Haus in die Macht dieses Gottes gestellt. Sie vertrauen also auf seinen Schutz.«

»Mich wird er nicht schützen«, sagte er düster. »Denn ich habe ihm mein Wort gebrochen.

Zweimal sogar. Später geschah das mit Agnes …«

Ich wagte nicht zu fragen, aber er selbst gab mir die Erklärung. »Ich habe meine Agnes, als sie als Kind todkrank war, dem Kloster Maria von Loreto verlobt, wenn sie gesund würde. Ich habe auch dieses Wort nicht gehalten. Es geschah aus Ehrfurcht vor Gott. Das Kind war wie ich. Ich wollte keine Seele zu ihm zwingen, die nicht dazu taugte. Dennoch grollt er seitdem. Ich kann Ihnen nicht von allem Ungemach erzählen, das mich traf, bis ich vor einigen Jahren in dieser Försterei ein Asyl fand. Das Kruzifix hier hat keine Macht. Gott läßt sich nicht bestechen. Er schützt uns nicht.«

»Gott ist gütig.«

»Jede Gottheit ist streng und grausam«, sagte er. »Sonst wäre es keine Gottheit.«

»Gott ist die Liebe.«

»Gott ist der Haß.«

»Und dennoch flüchten Sie zu ihm?«

»Wohin denn soll man flüchten – vor dem Unbegreiflichen in sich?« Er stand vor dem gezimmerten Kruzifix. Mir war es, als ob er und der Gekreuzigte einander messen würden als Feinde. Mich überlief es. Die Försterstochter kam herein und stellte eine Schüssel mit Essen vor den Vater hin. Und er, der noch eben Worte gesprochen, die mehr als Zweifel waren, schlug fromm das Kreuz und murmelte ein paar Gebetsworte, ehe er den Löffel zum Munde führte. Zum ersten Male sah ich Agnes näher an und sie schien mir schön. Sie war schlank mit feinen Gliedern, ihr Gesicht fremdartig, dunkel und zart. Über der Nasenwurzel stießen die Brauen zusammen, was nur bei Menschen der Fall ist, die zu merkwürdigen und dunklen Schicksalen bestimmt sind. Nein, ins Kloster hätte sie nicht gepaßt. Sie schien anders, als die jungen Mädchen, die ich sonst kannte, sie sprach wenig und es war etwas um sie, was mir geheimnisvoll und anziehend schien.

Nun trat eine für mich neue Figur in das Bild und das war der Jagdgehilfe Martin, ein großer, schwarzäugiger und im übrigen auffallend hübscher Bursche, dessen Lebhaftigkeit mich ein wenig an meinen im Tal zurückgebliebenen Gefährten erinnerte, an den ich, weiß Gott, jetzt zum ersten Male wieder dachte. Der Forstgehilfe hatte von meiner Ankunft schon gehört und sprach seine Freude darüber aus, daß mir bei diesen Zeitläuften nichts Schreckliches passiert sei. Dabei schoß er einen spöttischen Blick nach dem Förster hinüber, der jetzt schweigend seine Pfeife rauchte. Er selbst sei wenig im Hause, das ausgedehnte Revier mache seine Anwesenheit an entfernten Punkten desselben nötig, und er habe sich da und dort ein paar Schlafstellen errichtet, da seine Spezialität das Abfassen von Wild- und Holzdieben sei. Agnes hatte bei seinem Eintritt das Zimmer verlassen, nun kam sie zurück und stellte schweigend sein Essen vor ihm hin. Auf den ersten Blick war zu merken, daß zwischen den beiden ein etwas gespanntes Verhältnis bestand, denn er dankte ihr mit einer ironischen und übertriebenen Höflichkeit, die sie mit völliger Nichtachtung erwiderte, doch fiel mir der mißtrauische Blick auf, den sie zuweilen nach ihm sandte. Dann schickte er sich mit entschiedener Abneigung an, die hier üblichen Gebetsworte zu murmeln, ehe er sein Essen verzehrte. Agnes ging wieder in die Küche, der Förster in seine Gewehrkammer, und Martin, der inzwischen seine Mahlzeit beendet hatte, forderte mich auf, mit ihm zu kommen.

»Sie sind da in ein nettes Tollhaus geraten«, sagte er, als wir nebeneinander hinschritten.

»So toll kann ich es just nicht finden«, meinte ich.

»Der Alte wird Ihnen wohl allerhand wunderliche Ammenmärchen aufgetischt haben.«

»Er hat mir eigentlich nichts über die seltsamen Vorgänge gesagt.«

»Seltsam sind sie in der Tat aber nur, weil wir die natürliche Erklärung noch nicht haben. Sie wird aber wohl kommen. Ein wildes Tier, das müssen Sie dem Jäger schon glauben, fällt sein Opfer anders an, auch fehlt uns jede Spur, die selbst in diesem Regensommer, wo die elastische Schicht der feuchten Tannennadeln uns ungünstig ist, doch nicht zu verwischen wäre. Daß ein Mensch der Schuldige ist, wäre schon eher denkbar, aber auch der Mensch könnte seine Spur nicht verwischen. Überdies hätte ein solcher auch seine Opfer nicht im Besitz ihres Geldes und Schmuckes gelassen, wie es immer der Fall war. Selbst die arme Sennen-Marie hat ihr dünnes silbernes Kreuzlein noch umgehabt, das ihr ein Mensch sicherlich abgerissen hätte; denn auch ein Wahnsinniger wäre vermutlich von seinem Blinken angezogen worden.«

»Sie hat ein Kreuz gehabt und es hat sie nicht geschützt?«

»Leider nicht, wie Sie sehen. Die einzige natürliche und vernünftige Erklärung ist es, hier an böse Zufälle zu glauben, wie sie ja oft reihenweise vorkommen. Der Schrei des Abstürzenden aber tönt, durch das Echo vergrößert, schrecklich genug. Das meint unser Forstinspektor auch. Der Inspektor ist ein tüchtiger und vernünftiger Mann, der sich und den andern keine Mätzchen vormacht, er mag das phantastische Wesen nicht und er steht sich nicht sonderlich gut mit dem Förster, den er als vornehmen Dilettanten betrachtet, welches Mißtrauen der Förster fühlt und ihm zurückgibt. Es ist nicht gut, wenn sich allzuviel Aberglauben festsetzt, der im Walde schon groß genug ist. Der spricht in seiner Art nicht viel anders, als der alte Köhler-Michel, dessen Meiler Sie dort unten rauchen sehen. Ist nicht schon seine Art, sich mit Heiligenbildern zu umgeben und keinen Bissen ohne Augenverdrehen zu sich zu nehmen, mehr als töricht? Das ist nichts für uns junge Menschen, die wir Freiheit, Wahrheit und Aufklärung wollen. Das meint auch der Forstinspektor. Ich bin darum froh, daß ich nicht viel im Hause bin.«

»Nun sagen Sie mir aber endlich: wen bezichtigt der Förster der Verbrechen? Wer er ist das Ungetüm, dessen Name nie genannt wird?«

»Ach«, sagte der hübsche Bursche und wurde ein wenig rot, »davon soll man lieber nicht sprechen. Nicht daß ich mich davor fürchte. Gott behüte, ich habe Ihnen doch eben gesagt, wie aufgeklärt ich bin. Aber zwischen Johannisnacht und Tag- und Nachtgleiche muß man im Walde nicht über alles reden. Besonders nicht an so eigentümlich grauen Tagen wie sie jetzt sind.«

»Also sind auch Sie abergläubisch?«

»Gott bewahre! Aber der Wald hat seine Gesetze. Man fügt sich ihnen, auch wenn man nicht an sie glaubt. Ich glaube vor allem an meine Kraft und Jugend«, sagte er und ballte die Fäuste.

Durch irgendeine Verbindung glitten meine Gedanken zur Försterei zurück. »Was für ein schönes Mädchen die Forsterstochter ist!« sagte ich. »Man merkt gleich, daß sie nicht von hier stammt. Sie sieht so fremdartig aus.«

»Finden Sie sie schön?« fragte der Forstgehilfe und bemühte sich, die Lippen zu kräuseln. »Nun ja, wer für aparte Fratzen schwärmt, für den mag diese da schön sein. Hier im Walde ist übrigens ein viel besserer Mädchenschlag als sonst in der Gegend. Die arme kleine Sennen-Marie, die heute nacht starb, war viel hübscher als die hochmütige Förstersjungfer, kann ich Sie versichern.« Sein mißmutges und gereiztes Gesicht verriet mir abermals, daß es zwischen ihm und der Försterstochter etwas gegeben haben mußte.

Wir waren derweil auf die Lichtung hinausgetreten, wo der Meiler rauchte und hörten erregte Stimmen. Von der Höhe seiner sechs Fuß herab donnerte der Forstinspektor ein uraltes verhuzeltes Männlein an, das sich aber durchaus nicht einschüchtern ließ, daß es nur halb so groß war wie jener, sondern tapfer zu ihm hinaufzeterte. Es war zu entnehmen, daß der Inspektor den Köhler-Michel dabei betroffen hatte, irgendeine neueingeführte Sicherheitsmaßregel unterlassen zu haben, während der Alte versicherte, er behandle seinen Meiler, wie er es seit sechzig Jahren getan, ebenso wie sein Vater und Großvater, und noch niemals sei ein Waldbrand entstanden. Keiner schien geneigt nachzugeben, bis der Inspektor unter Androhung einer strengen Strafe die Unterhaltung abbrach, den Forstgehilfen zu sich winkte und mit ihm davonging. Mich beachtete er weiter nicht und ich blieb mit dem Alten allein.

»Der Teufel!« murmelte der Alte, indem er um seinen geschmähten Meiler herumging. »Dieser Teufel! Glaubt er, ich wisse nicht, wer er ist? Aber seine Zeit wird schon kommen!«

Ich besichtigte den Meiler mit Interesse, denn dergleichen war mir aus meiner Kinderheit noch in Erinnerung Ich sah die Pfähle, um die das Holz ungefüg aufgeschichtet war und die Schicht von Gras und Erde, die es bedeckte – nach den Wünschen des Inspektors offenbar nicht dicht genug. Dabei fiel mir ein, daß mir dieser uralte waldvertraute Mann wohl manches über die Vorgänge hier würde verraten können, und ich fragte ihn.

»Freilich«, nickte er, »freilich. Ich bin achtzig. Ich weiß mehr als andere. Aber jetzt nicht, Herr. Es geht auf Mittag. Da haben *sie* wieder Macht.«

»Wer hat Macht?«

»Mittag ist keine gute Stunde im Walde. Da sind wieder andere da, die Wärme brauchen – aber man soll ihnen auch nicht trauen, so wenig wie denen vom Nebel. Aber morgens, wenn die Sonne ein paar Stunden am Himmel steht, da kann der Herr kommen und fragen. Ich bin achtzig, Herr, ich habe immer hier gelebt und mein Vater und Großvater auch, ich weiß viel, Herr. Aber es ist besser, der Herr kommt bei Sonnenschein.«

Ich drückte ihm ein Päckchen mit Schnupftabak in die Hand und wußte nun wenigstens, wo ich mir Auskunft über so manches holen könnte, was mich bedrängte.

III.

Es machte sich ganz von selbst, daß ich im Försterhause blieb. Das Wetter schien neblig bleiben zu wollen. Mir war es hier, trotz all des Unheimlichen oder vielmehr deswegen, seltsam vertraut geworden. Ich bat den Förster, als zahlender Gast noch eine Weile in seinem Hause weilen zu dürfen, und er hatte nichts dagegen; der Försterin schien es sogar lieb zu sein. Was aber Agnes anbelangte, an der mir am meisten gelegen war, so hatte ich ihre Zustimmung ja schon empfangen. Ich sandte durch einen Holzknecht, der zu Tale ging, einen Brief an meine Mutter und Botschaft an meinen Freund, daß ich meine Pläne geändert hätte und ihn bitte, sich in keiner Weise nach mir zu richten. Um nicht müßig zu gehen, hatte ich meinem Ränzel das Malgerät entnommen, das ich neben ein paar Elfenbeinplättchen fürsorglich mit eingepackt hatte und begann, ein Madonnenbildchen zu malen. Es sollte ein Gastgeschenk für die Försterstochter sein, und es schien mir ein guter Einfall, die Mutter Gottes ein wenig nach ihrem Antlitz zu bilden, doch das wollte nicht recht glücken; denn ihr dunkles, scharf- und feingeschnittenes Gesicht und die strenge Linie ihrer Brauen waren zu verschieden von der blonden Holdseligkeit, die ich meinen Madonnen bisher verliehen hatte.

Auch mußte ich nach dem Gedächtnis arbeiten, und obgleich es mir schien, als habe mein Auge ihr charakteristisches Gesicht bis ins kleinste erfaßt, so entglitt es mir doch immer wieder, wenn ich in meiner Stube saß. So verbrachte ich viele Regenstunden des Nachmittags mißmutig und doch gefesselt.

Nachts blieb alles still. Schon beim Abendessen herrschte eine ruhigere Stimmung; denn das Unheimliche ereignete sich nie zwei Nächte hintereinander, versicherte mir die Försterin und so würden sie sich heute alle ruhig auskleiden und zu Bette gehen. Der Forstgehilfe Martin schlief heute im Hause, er hatte seine Kammer neben der meinen und durch die Wand hörte ich seine tiefen gesunden Atemzüge. Als ich am nächsten Morgen eine blasse Sonne ein wenig kraftlos durch den Nebel scheinen sah, schien mir der Augenblick gekommen, meinen Köhlerfreund aufzusuchen.

Er wartete schon auf mich. »Die Stunde ist gut«, sagte er, »die Sonne scheint. Die, von denen ich reden will, lieben nur den Nebel und die Nacht. Zu Mittag gibt es dann wieder andere, bocksfüßiges, landfremdes Gesindel, mit dem ich auch nichts zu tun haben möchte. Um diese Stunde aber geben sie alle Ruhe. Der Herr möge Platz nehmen und sich nicht daran kehren daß der Baumstumpf rußig ist. Und wenn er mich hören will, will ich berichten, was ich von Vater und Großvater weiß. Es gibt ein uraltes heidnisches Tier in unsern Wäldern, dessen Namen man nicht nennen soll. Es ist aber das Böse und Gefährliche dieses Tieres, daß es sich bei Tage in Menschengestalt verwandeln kann, vielmehr: es ist ein Mensch und nur alle sieben Jahre zwischen Johannisnacht und Tag- und Nachtgleiche verwandelt es sich in einen riesigen Wolf, größer als ein Menschenauge ihn je erblickt, plump und schwer, doch von so geisterhafter Raschheit und Leichtigkeit des Laufes, daß er keine Spuren zurückläßt. Wenn es finster wird, muß er Menschen anfallen und töten, doch nicht indem er sie zerfleischt, sondern indem er ihnen das Genick bricht und ihr Blut aufleckt. Das gibt ihm dann Kraft für einen Tag oder mehrere. Je mehr es auf den Herbst zugeht, desto größer wird seine Gier; es ist, als wollte er seine Zeit noch ausnützen. Der Mensch aber, der er bei Tage ist, weiß von all dem Schauerlichen nichts. Er kann herumgehen, wie der Herr und ich und jede Erinnerung an sein schauriges nächtliches Wesen fehlt ihm. Dieses furchtbare Tier ist ein Geschöpf des Heidengottes und ihm Untertan. Das Christentum hat keine Macht über ihn und das heilige Zeichen des Kreuzes fürchtet er nicht. Nur eins hat Macht über ihn – der Drudenfuß, denn das ist ein Zeichen des Heidengottes, seines Gottes. Wer den Drudenfuß an sich trägt, dem tut er nichts. Der Herr sieht dort an meiner Hüttentür den eisernen Drudenfuß hängen? Mein Großvater hat ihn gehämmert und nachts brächte mich keiner ohne ihn in den Wald. Mir ist das furchtbare Tier auch noch nie begegnet, trotzdem ich sein Lustgeschrei habe gellen hören. Trifft es auf einen, der dies Zeichen an sich trägt, dann geht sein Zorn als ein Blitzstrahl in die Erde nieder, dem kein Donner folgt, und das betrogene Tier rast davon und sucht sich ein anderes Opfer.«

Mir wurde kalt.

»Nun wird der Herr fragen,« fuhr der Köhler fort, »warum denn nicht alle Menschen, wenigstens soweit sie hier aus dem Lande sind, einen Drudenfuß bei sich haben? Das kommt daher, weil sie uns Köhlern nicht

glauben, sondern lieber den Priestern. Sie meinen, ihr Kreuz schütze sie genug. Aber das ist ganz falsch. Denn der Christengott kommt aus dem fernen Asien, und was unsere Wälder sind und wer darin herrschte,

woher soll er das wissen? Er ist ein fremder Gott, der hier nie recht heimisch geworden ist, und darum schicken die alten Götter, die vertriebenen, noch zuweilen ein Wesen aus, das ihnen Untertan ist. Die

Pfaffen nennen das den Teufel. Das ist aber unrichtig. Es gibt keinen Teufel. Es gibt nur vertriebene Götter.«

»Kann nichts das unselige Geschöpf erlösen?«

»Eine Erlösung gibt es. Wenn das liebste Wesen, das er als Mensch hat, das Furchtbare errät, was dem Menschen selbst verborgen ist, sowie er wieder seine Menschengestalt angenommen hat, und sich ihm freiwillig zum Opfer bringt. Aber das ist selten, Herr. Woher soll ein anderes wissen, was jener selbst nicht weiß, was er bei Tage hinter einer ganz anderen Art verbirgt? Wie wollte ein Wesen, das liebt, dem anderen solches zutrauen? Aber wenn es doch geschieht, dann ist das furchtbare Geschöpf erlöst – nicht in dem Sinn, Herr, daß es nun in den Himmel kommt und mit den Engeln Psalmen singt. Sondern so, daß die urewigen Mächte, die es ausgeschickt haben, es wieder zu sich nehmen in ihren Schoß. Ob es dann zur Ruhe kommt, ob es in fürchterlichem Jagen über die Erde hinbraust, ob es in ein stilles Schattenreich eingeht – das weiß niemand zu sagen.«

»Kann keiner das Tier töten?«

»Es ist unverwundbar, Herr, aber man dürfte es auch nicht. Es ist ein heiliges Tier.«

»Heilig? Dieses Scheusal!«

»Es ist heilig, weil es alles Böse, alles Übel, alle Schuld auf sich nimmt. Man kann das Tier töten, solange es ein Mensch ist. Denn der Mensch, der von all dem Bösen in sich nichts weiß, der herumgeht und scheint wie alle anderen, der ist tötenswert. Aber wenn das Böse lügenlos und ohne Verstellung aus ihm herausbricht dann ist es heilig.«

»So haßt ihr also auch den Menschen nicht, der in dieser Gestalt nur Hülle ist für Böseres?«

»Ob ich ihn hasse?« flüsterte der Alte, »ob ich ihn hasse? – Still«, sagte er mit einem Male und preßte meine Hand. »Ich wußte es ja.«

Hinter der Köhlerhütte war der Forstinspektor plötzlich hervorgetreten. »Ich wollte nur sehen, verehrter Greis«, sagte er, »ob Ihr Euch heute besser meinen Anordnungen gefügt habt. Ich habe meine strengen Instruktionen von der Regierung und wir haben keine Lust auf Waldbrände, wie sie im Oberösterreichischen wüten. Der Herr ist noch hier?« fragte er, seinen harten Blick auf mich richtend. »Ich dachte, er wäre nur auf der Durchreise.«

»Ich gedenke noch einige Tage zu bleiben«, sagte ich kalt, »und es dürfte mich niemand daran hindern können. Meine Papiere sind in Ordnung.«

»Der Herr muß nicht viel zu tun haben«, meinte der Inspektor höhnisch, »und auch keinen sehr guten Geschmack, wenn er sich von einem alten Köhler allerhand Märchen aufbinden läßt. Leider hat die Behörde noch kein Mittel gefunden, aber es wird wohl welche geben, der allgemeinen Verdummung zu steuern. Vorläufig wird sich der Michel seines Meilers wegen vor einer Sicherheitskommission zu verantworten haben. Ich wünsche eine gute Unterhaltung.« Er hob zwei Finger nachlässig an seine Mütze und ging.

»Das Scheusal!« murmelte der Alte und ballte seine fleischlosen Fäuste hinter ihm her. »Das Scheusal!«

Ich richtete einen festen Blick auf ihn: »Ist er's?«

Der Alte knickte zusammen und sandte einen angstvollen Blick nach der Richtung, in der der Inspektor verschwunden war. »Herr wer kann das wissen? Wer darf das sagen?« Und obgleich er eben von der Nutzlosigkeit des Kreuzzeichens gesprochen hatte, schlug er es doch aus alter Gewohnheit. Er schien verschreckt. Es war nichts mehr aus ihm herauszubringen. So drückte ich ihm ein paar

Münzen in die Hand und sah ihn, als ich ging, eifrig an seinem Meiler herumarbeiten. Die Behörde schien ihn doch noch mehr zu erschrecken als die alten Götter. Was ich gehört hatte, hatte mich natürlich berührt, aber nicht so stark, wie ich erwartete. Das Phantastische der Erzählung schien mir doch zu offenbar. Es mochte sein, ich hatte es ja selbst erlebt, daß ein fremdartiges und gefährliches Tier sich im Walde zeigte, dessen Anwesenheit selbst den Jägern Rätsel aufgab. Ich erinnerte mich, einmal gelesen zu haben, daß eine Löwin irgendwo aus einer Ménagerie ausgebrochen war und lange Zeit eine sonst friedliche Gegend unsicher gemacht hatte. Etwas Ähnliches mochte sich hier ereignet haben, und alles andere, was darum gesponnen wurde, war vermutlich ins Reich der Legende zu verweisen. Dennoch schien hier etwas merkwürdig Unwirkliches in der Luft zu liegen. Die Sonne war wieder hinter Nebeln verschwunden, im Walde roch es moderig und ich fragte mich, ob es in diesem Lande überhaupt anderes Wetter gehen könne als Regen. Die Bäume waren von Nebeln umhüllt, ganz weich und doch bizarr in ihren Formen, der Blick ins Weite war abgeschnitten, und nur Schatten tauchten aus dem milchigen Dämmer herauf. Mir schien es, als hätte ich den Wald vordem nie so recht gesehen; denn woran ich mich erinnert, wonach ich mich gesehnt hatte, das waren die großen Prunkstücke der Natur gewesen, der brennende Untergang der Sonne oder ihr Flimmern auf dem Moosboden. Dies war alles ganz anders, auch auf Bildern hatte ich es nie gesehen, und ich wurde plötzlich traurig, denn ich hieß zwar ein Maler, aber ich wußte, daß meine bescheidene kleine und enge Kunst nicht für solche Dinge reichen würde, diese Kunst, die streng an das Herkommen gebunden und zu schwach war, sich und anderen neue Wege zu erschließen.

Als ich zum Försterhause kam, sah ich Agnes am Wohnstubenfenster sitzen, einen großen Korb Flickwäsche vor sich. Sie aber blickte nicht auf die Arbeit in ihren schmalen braunen Händen, sondern starrte gedankenvoll ins Leere. Zum ersten Male fiel mir auf, daß ihre Augen blau waren; ich hatte sie immer für schwarz gehalten, weil sie so tief lagen und ihr Blick so dunkel schien. Ich faßte mir ein Herz, trat ins Zimmer und sprach eine Bitte aus: Ich hätte mein Skizzenbuch bei mir, ob sie mir nicht eine halbe Stunde sitzen wolle? Sie möge ruhig ihre Arbeit fortsetzen und tun, als wäre ich nicht da. Es genüge mir, wenn ich mir den Schnitt ihrer Züge einprägen und mit dem Bleistift ein wenig fixieren dürfe.

»Nein«, sagte das Mädchen freundlich aber fest. »Das will ich nicht haben.«

Ich fragte nach dem Grunde.

»Wer mein Gesicht wegträgt, stiehlt mir ein Stück von mir. Mein Gesicht gehört mir, es ist das einzige, was ich ganz zu eigen habe. Es ist nur *einmal* da und soll nicht abgeschildert werden.«

»Das ist eigentlich eine Ansicht, die aus dem Orient stammt,« sagte ich, »wo die Religion die Nachbildung des Menschenangesichts verbietet. Unser Glaube hat nichts dagegen.« Und ich wies auf die vielen Heiligenbilder im Raum.

»Man hat sie ja nicht gefragt«, sagte das Mädchen achselzuckend. Sie haben sicherlich auch nicht so ausgesehen. Und täten sie es selbst – ich mache mir nichts aus Bildern, weil sie mich zu einer Vorstellung zwingen wollen, zu der ich mich nicht zwingen lasse.«

Das tat mir, dem Madonnenmaler, weh, besonders wenn ich an das Bildchen dachte, mit dem ich sie hatte erfreuen wollen. Und zu gleicher Zeit überraschte es mich als ein neuer Beweis jener ketzerischen und hartnäckigen Selbständigkeit, die sich in diesem Hause hinter hingebendster Frömmigkeit verbarg.

So blieb mir nichts übrig, als oben auf meinem Zimmer unlustig an meiner Madonna herumzustrichen, aber alle Freude daran war mir vergangen, und schließlich fing ich eine andere in meiner alten Manier an, die ich nach Hause mitnehmen und verkaufen konnte. Ich war nur ein Kunsthandwerker, das wurde mir klar, und meine Miniaturen würden mit der Mode leben und sterben. Vielleicht grub sie in hundert Jahren ein Sammler als Kuriosität aus, aber mit der Kunst hatte diese liebliche Glattheit nichts zu tun. Das empfand ich erst ganz in dieser Welt, die wild, zerrissen und verworren schien, und es verbesserte meine Stimmung nicht.

Auch die anderen schienen im Laufe des Tages unruhiger zu werden und obgleich sich das Leben in den nun schon gewohnten Formen abspielte, die Frauen ihre Hausarbeit taten, die Männer die Geschäfte des Dienstes verrichteten, war irgendwo ein magnetischer Strom, der an den Nerven riß. Martin meinte, es liege in der Luft, sie sei mit Elektrizität geladen und ein Wetterwechsel stünde bevor. Ein tüchtiger Sturm, ein ordentlicher Schneefall und es würden Herbsttage von unvergleichlicher Schönheit kommen. Einstweilen lagen aber noch dunstige Schleier über der Gegend und die Öllämpchen mußten früher entzündet werden als sonst um diese Zeit.

Die Abendmahlzeit war ausführlicher als gewöhnlich, und ich konnte beobachten, wie sehr Vater und Tochter aneinander hingen. Sie schienen Geschöpfe einer Welt und eines Willens zu sein. Nach ihrer kargen Art gingen wenige Worte zwischen ihnen hin und her, aber zuweilen ruhten ihre Augen mit einem Blick vollkommenen Verstehens ineinander, in den sich von Agnes' Seite etwas wie Angst mischte; denn der Förster hatte etwas Verfallenes an sich. Martin saß mißvergnügt dabei; es war kaum zu verkennen, daß die Försterstochter seinem Herzen nähergestanden haben mußte und daß sein Schmerz und Ärger über eine Zurückweisung noch lebendig war, die er unter einem künstlich unbefangenen Wesen zu verbergen trachtete. Die Mutter schien auf seiner Seite zu stehen und nicht recht zu begreifen, was die Tochter an dem hübschen Burschen auszusetzen gehabt hatte. In das innige Verhältnis zwischen Vater und Tochter war sie offenbar nicht zugehörig, obgleich man ihr mit aller Hochschätzung begegnete. Mit ihrem völligen Aufgehen im Nächsten erinnerte sie mich ein wenig an meine gute Mutter, deren Einblick in die Seelen auch kein sehr tiefer war. Sie war offenbar einmal sehr schön gewesen und schien es nicht recht verwinden zu können, daß sie dereinst in größeren Umständen gelebt hatte. Den Wald liebte sie nicht und fand ihn unheimlich. In all den Jahren ihres Hierseins war sie nur draußen gewesen, wenn es unbedingt sein mußte. Die Tochter dagegen liebte den Wald leidenschaftlich und ihre kargen Worte strömten dichter, wenn sie von weißen Mondscheinnächten im Winter sprach, in denen man nur das Rieseln des Schnees vernehme oder vom Harzduft, wenn man an sonnigen Lichtungen unter den Bäumen im Erikagebüsch lag. Dann habe sie gemeint, den Ton einer Weidenpfeife zu hören und zottige bocksfüßige Wesen umhertollen zu sehen. Unwillkürlich erinnerte ich mich an des Köhler-Michels Worte von dem landfremden Gesindel. Martin meinte etwas spöttisch, soweit er sich aus der Schule entsinne, in der er freilich nicht sehr weit gekommen sei, glaube man an solche Wesen im Süden, aber nicht hier, worauf Agnes ernsthaft den Kopf schüttelte und meinte, das gäbe es überall. Jetzt freilich, meinte sie mit einem liebevollen Vorwurf zu ihrem Vater hin, halte dieser sie beständig davor zurück in den Wald zu gehen, wiewohl sie schon bewiesen habe, daß sie nichts fürchte und im Winter vor zwei Jahren mit eigener Hand einen Wolf erlegt habe, wovon der Vater viel Rühmens gemacht hatte. Sie fürchte das Unheimliche nicht, wenn man ihm entgegengehe, nur wenn man darauf warten solle, das zerre an den Nerven. Es liege ihr viel besser, mit der Büchse draußen herumzustreifen, als Strümpfe zu stopfen, und obwohl sonst die Mutter sie zu solcher Tätigkeit angehalten habe, sei es jetzt der Vater, der sie beständig zu häuslicher Arbeit veranlasse. Der Förster meinte, zum Walde gehöre der Sonnenschein; in Nebel und Regen habe sie nichts draußen verloren. Martin stimmte lebhaft zu und verwies auf die Sennen-Marie, die im Lande aufgewachsen sei und doch in der vorletzten Nacht Weg und Steg verloren habe, und indem man bei dieser Erinnerung angelangt war, senkte sich Dumpfes und Trübes auf uns alle herab.

Martin schlug vor, um dieser Stimmung auszuweichen, sie möchten doch ein zweistimmiges Lied singen, wie in alten Zeiten. Es sei hier jetzt niemandem nach Singen zumute, sagte Agnes abweisend. Es könne ja ein frommes Lied sein, meinte Martin und fügte spöttisch hinzu, freilich müsse sie dann auf seine Mitwirkung verzichten, denn in solchen Liedern sei er nicht zu Hause. Agnes schüttelte den Kopf; als ich jedoch sehr darum bat, ließ sie sich bewegen und nahm die Laute von der Wand. Sie ließ die Finger über die Saiten streichen und dann begann sie mit ihrer dunklen Stimme, halb sprechend und halb singend jenes Lied, von dem ich noch heute jedes Wort so genau weiß, als hätte ich es nicht einmal, sondern oft und oft von ihr gehört:

Gesang des Erzengels
Maria, seit ich dir dein Glück verkündet.
Hat sich die Welt so seltsam mir gewendet,
Daß ich entgöttert stehe und geblendet
Von jenem Licht, das rings um dich entzündet!

O Leid der sündenlosen Seligkeit!
O Schmerz in lilienweißer Glut zu brennen!
Nur schimmernde Unendlichkeit zu kennen,
Die tränenlose – fern von Raum und Zeit!

Nie kann ein Schmerz zu unsrer Höhe dringen,
Den Namen »Mutter« nennt der Engel nie.
Ich schweb' in eisesklarer Harmonie,
Maria – und muß singen! und muß singen!

»Das ist kein frommes Lied«, versetzte der Förster, als sie geendet hatte, »Dies Lied drückt die Sehnsucht eines seligen Geistes nach einer ganz anderen Seligkeit aus, als sie ihm beschieden ward. Dies ist ein Lied irdischer Sehnsucht.« Er erhob sich zum Zeichen, daß es Zeit für uns alle sei, uns zur Ruhe zu begeben. Ich hatte den Vorschlag machen wollen, ob man den Abend bis zur kritischen Stunde nicht beisammen bleiben und so einander die allgemeine Unruhe erleichtern wolle. Allein es schien niemand auf Geselligkeit gestimmt zu sein, und so unterließ ich es. Ich nahm mir jedoch vor, auf meinem Zimmer zu wachen. Allein das Licht schien trüb, an Lesen oder Arbeit dabei war nicht zu denken. Draußen stand der Nebel in dichten Schwaden. So legte ich mich in den Kleidern aufs Bett, nahm mir vor, wach zu bleiben, hörte im Halbschlaf den Forstgehilfen in den Nebenraum tappen und schlief dennoch ein.

Ich träumte, daß in der Höhe meiner Brust ein weiter, eiserner Ring um mich schwebe, der jedoch immer enger zu werden schien. Ich wollte mich bücken, um ihm zu entschlüpfen, da senkte sich auch der Ring und schnellte wieder empor, als ich mich aufrichtete. Immer enger schien er zu werden und mit Entsetzen sah ich den Augenblick kommen, wo er meine Brust zusammenpressen würde. Schon spürte ich das Eisen an meinem Körper, schon klemmte er mich zum Ersticken, da schrie ich auf und erwachte. Aber ein viel fürchterlicherer Schrei antwortete von draußen dem meinen. Es war wieder jenes entsetzliche Heulen, das ich schon einmal vernommen, in das sich ein kurzes Geräusch wie ein Schuß mischte, der es aber nicht zum Verstummen brachte. Mit zitternden Händen machte ich Licht. Wieder hörte ich unten die aufjammernden Frauenstimmen, und ich eilte hinab. Da fiel mir ein, daß ja noch ein Gefährte im

Hause sei und unwillkürlich machte ich vor Martins Kammer Halt und leuchtete hinein. Er war nicht da. Sein Bett war zerwühlt, er aber war fort. Irgend etwas gab mir einen Schlag aufs Herz. Verstört trat ich in die Wohnstube, wo ich die beiden Frauen fand. Die Försterin hatte sich die Zeigefinger in die Ohren gestopft, obgleich nichts mehr zu hören war und jammerte laut. Agnes suchte sie zu beruhigen.

»Martin ist nicht da«, sagte ich leise. Wir wechselten einen Blick. Der gleiche Gedanke stand in unseren Augen geschrieben. »Vielleicht hat er Dienst?« fragte ich weiter.

»In diesem Teil des Reviers besorgt der Vater den Dienst allein«, erwiderte das Mädchen. Wir schwiegen beide. Es schien mir, als ob die Heiligenbilder von den Wänden höhnisch auf uns niederblickten, und ich dachte daran, wie widerwillig der schwarzäugige Bursche ihnen Ehrfurcht erwiesen hatte.

Nun ging die Tür draußen, und der Förster kam aus dem Walde zurück. Schweigend trat er an das Kruzifix. Wir taten desgleichen. Nie habe ich inbrünstiger gebetet, und es schien mir, als täten es die anderen ebenso und als sei nie eine dichtere Wolke von Andacht und Fürbitte zu der Gottheit emporgestiegen, die solche Dinge geschehen ließ oder sie nicht hindern konnte.

Wieder lag ich oben lange wach. Angestrengt wartete ich, ob mein Nachbar, an den ich jetzt nur mit Grauen dachte, den Weg ins Haus zurückfinden werde, aber ich hörte nichts. Durch das kleine Fenster drang eisige Kälte von draußen, unwillkürlich kroch ich tiefer in meine Decken und schließlich schlief ich ein.

Am nächsten Morgen zeigte sich mir ein zauberhaftes Bild. Der Wald war voll Schnee. Es war freilich nur leichter Spätsommerschnee und er schmolz rasch, als die Sonne auf den bereiften Christbäumen glitzerte. Zum ersten Male hörte ich die Vögel singen, was ich hier bisher noch nie vernommen. Ein herbstlicher Tag von leuchtender Klarheit stieg herauf, die Äste schimmerten in so tiefen Farben, und ein solcher Perlmutterglanz lag über all der feuchten Frische, daß es mir schien, als sei der erlebte Nachtspuk nur törichte Einbildung. Wie doch ein bißchen Sonnenschein die Welt verändert! Ich beugte mich tief aus dem Fenster, die Luft war kalt, rein und würzig. Und plötzlich stieg eine Sehnsucht in mir, auf: Ich sah Agnes, wie sie sich mir am Tage vorher dargestellt, schlank und mutig mit der Büchse in der Hand im Walde umherstreifen. Die Büchse freilich brauchte jetzt just nicht dabei zu sein. Ich wollte nur an ihrer Seite durch den Wald gehen und ihre dunkle Stimme hören. Rasch ging ich hinunter. Auch das Wohnzimmer schien ganz verändert vom Sonnenlicht, freilich sah man auch manche Abnützung besser, welche die Zeit dem Hausrat zugefügt hatte. Diesmal brachte mir die Försterin das Frühstück, was mich ein wenig enttäuschte. Diese Frau schien auch vom Sonnenlicht nicht verändert. Sie bat um Entschuldigung, daß sie keine frische Milch habe; seit ihre Ziege eingegangen sei, und hier oben gehe ja alles ein, sei sie auf eine Bäuerin von der Alm angewiesen, die aber, von den Gerüchten wohl erschreckt, ausgeblieben sei. Der Milchmangel schien sie mehr zu bedrücken als alles sonstige Geschehen. Sie klagte über das Dasein hier und sprach die Hoffnung aus, daß irgendein günstiges Schicksal ihrer Tochter ein Leben in der Stadt bescheren möge. Ob sie das nun gedankenlos gesagt hatte oder mütterliche Schlauheit sich darin aussprach, weiß ich nicht, aber jedenfalls drückte sie Dinge aus, die unaufhörlich in meinen Gedanken kreisten und das machte mir die sonst ein wenig langweilige Frau sympathisch. Ich ging nun aus, Agnes zu suchen und fand sie vor dem Hause, damit beschäftigt, Ranken aufzubinden. Nie hatte sie mir so gefallen wie jetzt, wo ich sie zum ersten Male außerhalb des Hauses sah, wie sie sich auf den Zehenspitzen reckte und biegsam mit den Armen nach oben griff. Sie trug nicht die weite gebauschte Tracht, wie sie in der Stadt Mode war und wie sie schlecht hierher gepaßt hätte, sondern ein ganz schmuckloses Kleid aus grünem Stoff mit eingewirkten kleinen Veilchensträußen, das sich lose und doch genau um ihre feine Gestalt legte. Ich begrüßte sie und machte meinen Vorschlag. Ihre Hausarbeit werde nicht darunter leiden, wenn sie einmal ein halbes Stündchen liegenbliebe. Und ihr Vater werde gegen einen Spaziergang durch den Wald auch nichts einzuwenden haben, jetzt, wo die Sonne schien.

»Ja, sie scheint«, sagte sie und sah mich aus ihren dunkelumsäumten Augen an. »Aber tut sie es auch für uns?«

Ich meinte, das täte die Sonne für jeden.

Sie schüttelte den Kopf. »Sie lassen sich von dem bißchen Geglitzer blenden – und müßten doch fühlen, daß wir alle unter einem schweren Schicksal stehen, das mit jedem Augenblick der Katastrophe näherrückt.«

So hatte ich sie noch nie gesehen, ich kannte sie ernst, aber mutig. Nie hatte mich der schicksalhafte Zug um ihre zusammengewachsenen Brauen so berührt wie jetzt.

»Sie sollen jetzt gehen«, fuhr sie fort. »So lange hier alles voll Nebel war, schien es mir besser, Sie zurückzuhalten. Jetzt aber gehen Sie – so rasch als möglich.«

Ich wurde todtraurig. »Sie schicken mich fort?«

Sie sah mich an. »Mir ist, als wäre Unheil auf dem Wege – auch für Sie.

Ich kann nicht sagen, warum ich so fühle, aber es hat sich oft schon gezeigt, daß mein dunkles Empfinden klarer sah als mein Verstand.

»Agnes«, sagte ich und wollte ihre Hand fassen. Mir schien es, als könnte ich niemals mehr so zu ihr sprechen wie in dieser Stunde.

In diesem Augenblick tauchte der Förster aus dem Walde hervor. Nie war mir seine Gestalt so hoch, dunkel und machtvoll erschienen. Mir war es, als hörten die Vögel ringsum plötzlich zu zwitschern auf.

Agnes entzog mir ihre Hand und wandte sich dem Vater zu. »Was ist?« fragte sie mit einem angstvollen Blick in sein Gesicht.

Er sprach – und nie werde ich den schicksalvollen Klang seiner Stimme vergessen: »Diesmal ist es Martin gewesen.«

Agnes und ich tauschten einen Blick. Mir war es selbst in dieser Stunde des Grauens lieb, ein Einverständnis mit ihr zu haben. Aber der Förster hatte die Bedeutung dieses Blickes erfaßt: »Nein, nicht der Täter ist er, wie ihr glaubt – er ist das Opfer.«

Wir schwiegen erschüttert. »Am Wildbach« fuhr der Förster fort, »er hat einen Schuß abgegeben – er hat ihm nichts genützt. Die Kugel steckt in einem Baum. Nun liegt er dort – wie die andern alle.« Er wandte sein Gesicht ab, seine Bewegung zu verbergen.

In diesem Augenblick tauchte der Forstinspektor auf, gefolgt von zwei Gendarmen. Er warf einen Blick auf uns, die wir noch ohne Fassung dastanden, schritt dann geraden und langsamen Schrittes heran, legte mir die Hand auf die Schulter und sagte mit fester kalter Stimme: »Der Herr ist verhaftet.«

IV.

Was nun geschah, das stürzte mit solcher Plötzlichkeit und Verwirrung auf mich herab, daß ich Mühe habe, mich der Einzelheiten zu entsinnen, doch weiß ich, daß der Förster sich mächtig vor mir aufpflanzte und erklärte, ich sei sein werter Gast und er bürge für meine Unschuld, wessen man mich auch beschuldigen möge. Dann fand auch ich meine Sprache wieder und fragte, was ich denn eigentlich verbrochen haben sollte. Das würde ich Gelegenheit haben auf dem Bezirksgericht unten zu gestehen, meinte der Inspektor. Er habe vom ersten Augenblick an Verdacht auf einen gehabt, der sich so grundlos in der Gegend aufhalte, und die zwei Morde, die sich während meiner Anwesenheit im Forsthause in dessen Umgebung zugetragen hätten, sprächen mancherlei. Was es mit den zurückliegenden Geschehnissen für eine Bewandtnis habe, werde die Untersuchung erweisen. Ich sagte, daß ich erst vor wenigen Tagen aus Wien hierher gekommen sei, was mein Reisegefährte, den ich unten im Tal zurückgelassen hatte, bestätigen könne Was aber die beiden Untaten der allerletzten Zeit beträfe, so hätte ich in den fraglichen Nächten das Forsthaus überhaupt nicht verlassen. Dies bestätigte auch der Förster, aber der Inspektor fragte ihn, wieso er, der doch seine nächtlichen Reviergänge täte, dies so genau wissen könne?

»Er ist unmittelbar nach dem Ertönen des Schreies, kaum ein paar Minuten danach zu uns in die Stube gekommen«, erklärte Agnes bleich und erregt. Der Inspektor meinte, man könne rasch laufen, wenn man von der Angst gejagt werde, und was die Zeitangaben des schönen Geschlechtes beträfe, so habe ihn seine Praxis gelehrt, daß dieses zwischen ein paar Minuten und einer viertel oder halben Stunde keinen Unterschied zu machen wisse. Ob denn jemand in der Zeit unmittelbar vor dem Schrei bei mir gewesen sei? Ich sah einen leuchtenden und trotzigen Blick in Agnes' Augen treten und las auf ihren Lippen, wie sie die Lüge formte: »Ich war bei ihm.« Aber bevor sie sie noch ausgesprochen, meinte ihre Mutter, die aus dem Hause gekommen war, eilfertig, sie und ihre Tochter hätten angekleidet in ihrer gemeinsamen Schlafstube gelegen und ich wäre erst später zu ihnen heruntergekommen.

Ob denn die Haustür verriegelt gewesen sei, fragte der Forstinspektor. Zumeist wohl, sagte sie, aber während der Reviergänge des Försters würde dies nicht so streng gehandhabt, um ihm das Ein- und Ausgehen zu erleichtern. Ob es somit nicht möglich gewesen wäre, daß ich still und ungehört meine Kammer hätte verlassen können, wie dies ja auch Martin aus irgendeinem unbekannten Grunde getan habe? Ja, meinte die Försterin, möglich sei das schon gewesen. Ich staunte, wie bereitwillig die gute Frau, die vielleicht noch vor einer halben Stunde entschlossen gewesen war, ihren künftigen Schwiegersohn in mir zu erblicken, ihre zwar wahrheitsgemäßen, aber für mich in dieser Form doch belastenden Aussagen gab, und ich sah, wie ein unwilliger Blick des Försters sie traf. Aber er prallte ab an ihrer Dummheit. Alles wäre mir gleichgültig gewesen, wenn ich gewußt hätte, wie Agnes dachte. Sie stand abgewandt, und ihre Haltung drückte den tiefsten Schmerz aus.

»Vorwärts«, sagte der Forstinspektor, »unten vor dem Gericht wird sich alles zeigen.« Die Gendarmen nahmen mich in ihre Mitte.

»Ich werde mir die Ehre geben, den Herrn zu geleiten«, sagte der Inspektor mit seiner kalten höhnischen Stimme. »Wenn ich selbst auch lange die Version der Unfälle vertreten habe, so ist es angesichts so wichtiger Tatsachen keine Schande, seine Meinung zu ändern.«

Ich ging, ohne mich umzusehen. Ich wußte, daß das Zeugnis meines Freundes meine Unschuld entscheidend darlegen mußte und daß ich mir in aller Ruhe meine Argumente zurechtlegen würde. Dennoch war fürchterlicher, als ich sagen kann, als Verbrecher von hier fortgeführt zu werden, der ich als freiester Mensch hergekommen war. Indessen sagte ich mir, daß jeder Widerstand meine Lage nur verschärfen konnte. Auf unserem Wege trafen wir eine Gruppe von Holzarbeitern und Köhlern, die aufgeregt das Unglück besprachen. Der alte Michel war unter ihnen. Als er unsern traurigen Zug gewahrte, schien er zu begreifen. »Der Teufel! Der Teufel!« zischte er mit einem Blick auf den Forstinspektor, der sich ein wenig abseits hielt. Wie man mitten im grenzenlosesten Elend oft auf das Unbeträchtlichste achtet, so mußte ich jetzt ein wenig darüber lächeln, daß der alte Michel zwar die Existenz des Teufels leugnete, aber doch kein anderes Wort wußte, wenn es galt, seinen Abscheu auszudrücken. So waren sie alle hier im Walde: sie leugneten und glaubten.

Nun ging es hinab inmitten des goldgrün durchleuchteten Waldes, auf dessen Moos- und Nadelboden Goldkringel zitterten. Die Tannen standen gegen den blauesten Himmel und eine wundervoll harzige Kühle umduftete uns. Wie aber hätte ich mich dessen freuen können! Der Weg hinab war steil und beträchtlich kürzer als jener, den ich im Nebel irrend, im Zickzack herauf genommen hatte. Allmählich sah ich Bekanntes wieder: wir kamen auf die Waldstraße, dann ins Freie, dann tauchten der See und die ersten Häuser auf. Waren es wirklich nur drei Tage, daß ich hier gewandert war? Es schienen mir ebensoviele Ewigkeiten. Von dem, was nun geschah, sind in meinem Gedächtnis nur einzelne Momente übriggeblieben. Ich weiß, daß ich unter Begleitung des halben Städtchens in ein Amtsgebäude geführt wurde, daß ich zum ersten und letzten Male in meinem Leben die Bekanntschaft mit einer Gefängniszelle machte und daß man mich schließlich im Beisein des Forstinspektors dem Bezirksrichter vorführte, der mir wie ein Bruder des Inspektors schien, obgleich er nicht die geringste körperliche Ähnlichkeit mit jenem aufwies. Aber es war der gleiche kalte Amtsblick in beiden Gesichtern und es schien mir, als ob die beiden Männer Ball mit mir spielten und mich einander zuwürfen. Der Freund, auf dessen Zeugnis ich so sehr baute, hatte gleich nach Empfang meiner Botschaft den Ort verlassen, vermutlich weil sein Liebesabenteuer nicht die gewünschte Wendung genommen, und nicht hinterlassen, wohin er sich zu begeben gedächte. Das war schlimm für mich, denn wenn man ihn schließlich auch auffinden mußte, so konnte Zeit darüber vergehen. Freilich blieb noch der Wirt, der aussagen konnte, daß ich bei ihm genächtigt hatte. Doch das Betragen dieses wackeren Mannes, der zur Zeugenaussage vorgeladen wurde, veränderte sich gewaltig, als er den werten Gast in einen Angeklagten verwandelt fand. Ich sei allerdings vor vier Tagen mit meinem Freund sehr bestaubt von einer Wanderung bei ihm angelangt, aber ob ich wirklich direkt von Wien und aus der Linzer Richtung gekommen sei, wie ich es angegeben, das könne er nicht wissen. Verdächtig sei es ihm sofort gewesen, daß mich seine Warnungen, Unsicherheit und Wetterlaunen betreffend, nicht hätten zurückhalten können, und daß ich vor lauter Begierde, allein zu sein, meinen

Freund im Stich gelassen hätte. Diese Aussage wurde zu Protokoll genommen. Ich wandte mich nun an den Richter und fragte ihn, was ich seiner Meinung nach mit diesen Untaten denn eigentlich hätte bezwecken sollen? Alle Wertsachen seien, wie festgestellt, bei den Opfern verblieben und mein eigener gut gefüllter Säckel beweise doch zur Genüge, daß es mir um Bereicherung, den gewöhnlichen Anlaß zu Mordtaten, nicht zu tun gewesen sein könne. Hier unterbrach mich der Forstinspektor, der das Amtszimmer während meiner Einvernahme keinen Augenblick verließ, und meinte: es würde sich im Laufe der Verhandlung schon zeigen, wie ich zu dem gut gefüllten Säckel gekommen sei. Ich würdigte ihn keiner Antwort und fragte den Richter, indem ich auf meine schwachen Arme wies, ob diese wohl geeignet sein würden, Menschen waffenlos zum Tode zu bringen? Wieder warf der Inspektor ein, es sei noch kein großes Kraftstück, ein Mädchen wie die Sennen-Marie anzufallen und was den Martin anbelangt, so habe seine Leiche den Eindruck gemacht, als ob er sich erbittert gewehrt hätte; es sei aber bekannt, daß von Mordlust befallene Menschen im Augenblicke ihrer Tat über Kräfte verfügten, die man ihnen sonst niemals zutrauen könne. Ich fühlte, daß der Inspektor ein besonderes Interesse daran haben mußte, mich als den Schuldigen hinzustellen. Mir blieb nur übrig, mein eigenes Erlebnis bei meinem Aufstieg in den Wald zu erzählen, und obgleich ich ahnte, wie es aufgenommen werden würde, fragte ich, ob die Herren denn nie gehört hätten, daß im Walde seltsame und unheimliche Dinge vor sich gingen, an deren Erklärung menschlicher Scharfsinn scheitern mußte.

Der Inspektor wollte wütend auffahren, aber der Richter winkte ihm Ruhe zu und sagte zu mir in sachlichem Tone:»Wir sind hier, um Sie zu hören. Erzählen Sie uns alles, wovon Sie glauben, daß es zur Sache gehört.«

Das stärkte mein Vertrauen. Ich erzählte von den Dingen, von denen der Wald voll war, an die ich selbst Glauben hatte, denn ich hatte sie ja erlebt. Ich berichtete mit voller Ausführlichkeit mein Abenteuer unter dem Felsen. Ich sprach lange, und es schien mir, daß ich überzeugend gesprochen hätte; denn ich fühlte, daß ich hier Ehrfurcht für das wecken mußte, woran irdische Vernunft zerschellte. An dem Gesicht des Richters veränderte sich kein Zug. Als ich geendet hatte und ihn erwartungsvoll ansah, sagte er:»Ich habe Sie ausreden lassen, um zu sehen, wie weit die Schamlosigkeit geht, mit der ein Mensch, der gute Schulen und sogar die Malerakademie absolviert hat, einem akademisch gebildeten Mann seine törichten Märchen aufzutischen wagt. Ich gestehe, daß dies alle meine Begriffe übersteigt. Nach Ihrer Art zu sprechen, glaubte ich, auf eine gewisse Intelligenz bei Ihnen schließen zu sollen. Diese Art, sich zu verantworten, zeugt nicht davon.«

»Die Intelligenz wird im Umgang mit dem Köhler-Michel etwas gelitten haben,« warf der Inspektor ein, »denn dieser alte Idiot war ja der Lieblingsumgang des Herrn!«

Diese hämischen Worte und die Erwähnung des Köhler-Michel rückten plötzlich den Verdacht in unmittelbare Nähe, den der Alte hatte durchschimmern lassen. Es war klar, daß hier ein Unschuldiger büßen sollte. Und rasend vor Wut, meiner Sache fast gewiß, trat ich ganz nahe an den Inspektor heran, blickte ihm tief in die Augen und rief: »Sie selbst, Herr Inspektor, wissen wohl am besten, wer der Schuldige ist!« Der Inspektor war erschrocken zurückgetreten, der Richter packte mich bei den Fäusten und zog mich vom Inspektor weg, indem er sagte: »Es ist ein Irrsinniger, ich habe es gleich gewußt.«

Er behielt mich scharf im Auge, ob ich einen neuen Überfall plane und als ich dies nicht tat, sagte er, als ob ich gar nicht im Zimmer gewesen wäre: »Es stimmt alles, die Phantasien, der Blutrausch, die Gewalttätigkeit. Ein gefährlicher Verrückter. Wir wollen ihn hier unter sicherem Verschluß behalten und mit dem nächsten Sträflingstransport zur Stadt ins Narrenhaus schicken.«

Daß man mich für irrsinnig hielt, machte mich völlig verzagt. Soviel begriff ich, daß es leichter ist, einer Mordanklage Stand zu halten als seine gesunde Vernunft zu beweisen. So erklärte ich möglichst ruhig, ich sei vollkommen klar; der Richter sagte trocken, ich möchte dies beweisen, indem ich ernste Männer nicht zum Narren hielte. Ich bekam noch einige Fragen vorgelegt, die ich wahrheitsgemäß beantwortete, dann wurde ich in meine Zelle abgeführt. Ein Haß schüttelte mich gegen meinen Verderber. Ich begriff den alten Michel nur zu gut.

Wie oft ich im Verlauf dieser Zeit den Weg von meiner Zelle zum Richter zurückgelegt habe, weiß ich nicht mehr, ich weiß nur, daß der Inspektor, der in der Stadt Wohnung genommen hatte, immer dabei war und mich mit seinen Fragen in die Enge zu treiben trachtete. Ich erfuhr, daß ein Beamter aufs Forsthaus geschickt worden war, um die Aussage des Försters aufzunehmen, der sein Revier nicht verlassen durfte und daß diese zu meinen Gunsten ausgefallen war. Dagegen erschienen die Försterin und Agnes persönlich im Amtsgebäude um auszusagen. Die Försterin tat es, wie sie es schon vorher getan, ohne mich zu beschuldigen, aber auch ohne mich zu entlasten, und starrte mir dabei neugierig ins Gesicht. Agnes dagegen sagte vollkommend entlastend für mich aus, was von Seiten des Inspektors ein paar höhnische Zwischenbemerkungen zur Folge hatte. Sie sah sehr bleich, fast aschfarben aus, ihre geschmeidige Gestalt schien wie zerbrochen. Das tat mir weh und doch wohl, denn ich konnte es als Zeichen des Schmerzes um mich deuten; wenn sie mir nur hätte in die Augen sehen wollen, allein das vermied sie voll Angst. Es wurden noch ein paar Köhler und Holzfäller vernommen, die mich zu verdächtigen suchten, den gesehen oder nicht gesehen haben wollten, und jede Aussage sorgsam aufgezeichnet. Wie lange diese Zeit gewährt hat, ob Tage oder Wochen, vermöchte ich nicht zu sagen; ich war stumpf und wie ausgelöscht. In meinem Innern sagte mir etwas, daß ich aus dieser Prüfung heil hervorgehen solle, aber wie lange sie währen und was ich bezahlen mußte, wußte ich nicht. Lag die Stadt im Sonnenschein, umhüllte sie Nebel? Mir konnte es gleichgültig sein. Einmal hörte ich ein Prasseln von dichten Tropfen an meinem hochgelegenen Zellenfenster. Ich dachte: es regnet; es regnet schon wieder. Aber es schien mir, als könne ich mir kein Bild mehr davon machen. Dann, ich hatte jede Hoffnung auf eine rasche Wendung aufgegeben, ereignete sich etwas Überraschendes. Der Wärter hatte mir eben meine Abendsuppe hereingebracht, und ich verzehrte sie, auf meiner Pritsche sitzend ohne Hunger, nur um nicht von Kräften zu kommen, als ein Schlüssel sich im Schloß drehte. Die Riegel wurden zurückgeschoben, zwei Gendarmen traten ein und stellten sich zu beiden Seiten der Tür auf. Sie salutierten, und der eine sagte respektvoll: »Der Herr möchte sich zum Herrn Bezirksrichter hinüberbemühen. Der Herr ist frei.«

V.

Drüben fand ich den Richter und den Inspektor, beide mit tiefernsten erregten Gesichtern. Sie streckten mir die Hände entgegen. Die des Inspektors übersah ich, aber der Richter ergriff die meine und schüttelte sie.

»Wir haben Sie um Entschuldigung zu bitten,« sagte er, »Ihre Unschuld ist erwiesen.«

»So hat man meinen Freund aufgefunden?« fragte ich erfreut, denn ich bildete mir ein, nur von da könne Erlösung kommen.

»Das nicht«, sagte der Richter. »Aber während Sie hier in sicherem Gewahrsam saßen, ist heute Nacht droben im Walde wieder die gleiche Tat unter den gleichen Umständen geschehen.«

Ich fuhr zusammen und richtete meinen Blick auf den Inspektor. Noch gestern abend war er bei einem Verhör anwesend gewesen. Die Wanduhr hatte, ich erinnerte mich dessen genau, eine auffallend späte Stunde gezeigt. Der Richter hatte ihm, ich hatte es deutlich gehört, zugeflüstert, daß sie nachher noch auf einen Schoppen ins Wirtshaus gehen wollten. Selbst wenn der Inspektor mehr als natürliche Fähigkeiten besaß, hätte er nicht mehr um Mitternacht das viele Stunden entfernte Waldrevier erreichen können. So war also auch er nicht der Täter? »Wir müssen unser Bedauern aussprechen«, wiederholte der Richter. »Es schien mir gleich, als ob die Beweiskette nicht lückenlos schließe. Aber da der Verdacht bestand, mußten wir Sie festhalten, und Sie müssen selbst zugeben, daß Ihr Betragen und Ihre Verantwortung zu Anfang sonderbar genug waren. Ich schiebe das Ihrer Aufregung zu. Von diesem Augenblick an sind Sie frei.«

Ich verbeugte mich »Sie werden wohl jetzt gleich abreisen?« fragte der Richter.

»Ich möchte noch einmal hinauf, meine Sachen holen«, sagte ich und hatte dabei nur den Wunsch Agnes wiederzusehen. Plötzlich faßte eine unbestimmte Angst mich an der Kehle und ich stieß hervor. »Wer war diesmal das Opfer?«

»Der alte Köhler-Michel hat dran glauben müssen«, sagte der Richter ernst.

»So haben auch ihn seine Götter nicht geschützt,« sagte ich vor mich hin, »und doch war er der Wissendste von allen. Welcher Gott schützt eigentlich? Wo ist überhaupt Schutz für Menschen?« Es war mir weh um den alten Mann. Und doch war ich erleichtert, daß nur er es gewesen war. »Ich will hinauf«, sagte ich.

Der Forstinspektor trat zu mir. »Ich habe den Herrn verhaften lassen, ich werde mir erlauben, ihn wieder mit allen Ehren hinaufzugeleiten. Die Behörde ist gerecht. Ich kenne meine Pflicht.«

Die Gesellschaft des Inspektors war mir keineswegs angenehm, aber ich sah keine Möglichkeit, sie zurückzuweisen.

»Dann gehen wir«, sagte ich kurz.

Der Richter hielt mich ab. »Es ist Abend«, sagte er, »und es wäre tiefe Nacht, bis Sie hinaufkämen. Solche Spaziergänge empfehlen sich jetzt nicht sonderlich, ehe wir die richtige Fährte gefunden haben. Wenn Sie nicht im Gasthof nächtigen wollen – und ich kann begreifen, daß Sie für den Wirt keine besondere Vorliebe haben – so biete ich Ihnen eine bescheidene Unterkunft in meinem Hause an. Morgen früh können Sie dann beide heimgehen.«

So geschah es auch. Am Morgen verabschiedete ich mich von dem Richter. Der Inspektor wartete schon auf mich. Wir gingen schweigend den nun schon wohlbekannten Weg an den letzten Häusern vorbei, den See entlang, bis die Waldstraße uns aufnahm. »Sonderbar«, dachte ich, »da gehen wir beiden Todfeinde nun friedlich nebeneinander her, er hat mich für den Schuldigen gehalten, ich ihn, und keiner ist es gewesen. Was ist das für ein seltsames und furchtbares Verhängnis, das alle Menschen ihren Verdacht aufeinander werfen läßt und von jedem vermutet, daß ein wildes Tier in ihm lauere!«

»Der Herr ist schweigsam«, sagte der Inspektor nach einer Weile. Ich hatte keine Lust auf ein Gespräch und schwieg verächtlich. »Sie grollen mir«, sagte er, »und ich kann es verstehen, denn ich habe Ihnen Übles zugefügt, wenn es auch nur zwei Tage gedauert hat. Dennoch wäre es vielleicht nicht überflüssig für Sie, auch einmal einen Menschen in meiner Lage zu begreifen. Das kann vieles entschuldigen. Ich bin hier

von der Regierung sozusagen zum Herrscher von Menschen gesetzt, die nicht zu beherrschen sind – auch nicht, wo es ihr Bestes gilt. Ein finsterer Geist in diesem Wald. Vor kurzem war ich in einem Revier im Flachlande an der Donau. Eine große Handelsstraße ging durch, Schiffe legten an, Menschen waren lebendig, auf ihren Vorteil bedacht, allem Neuen zugänglich. Es lebte sich leicht mit ihnen. Das ist hier nicht der Fall. Sie haben es selbst erlebt, welche Mühe es kostet, einen Köhler dazu zu bringen, daß sein Meiler nicht nach allen Seiten Feuer stiebt. In einem dürren Jahr würde uns der ganze Wald niederbrennen. Ich kontrolliere scharf, ich habe meine besondere Art, ganz überraschend aufzutauchen ...«

»Ich habe es bemerkt«, warf ich ein.

»... aber kaum habe ich den Rücken gewendet, so geht es weiter in der alten Art. Sie erfüllen die Welt mit ihren Schauergeschichten, weil das bequemer ist, als eine eigene Verantwortung zu tragen und sehen darüber die Wirklichkeit nicht. Sonst hätten sie den Täter längst. Wenn jeder mithelfen wollte, wäre er uns nicht entgangen. Die ersten Fälle, die Städter betrafen, mochten Zufälle sein, und die Art ihrer Auffindung ist wohl später hinzugedichtet worden. Mit der Zeit aber verengte sich das Gebiet und schließlich beschränkte es sich auf unser Revier, wo es keine Fremden gibt, nur Menschen, die es genau kennen. Hier mußte der Täter sein, wollte ich seiner aber habhaft werden, so mußte ich meine Arglosigkeit betonen. Sie werden mein Mißtrauen begreifen, als eines Tages ein Fremder so ganz grundlos auftauchte und blieb. Ich bin für die Sicherheit verantwortlich, Herr. Wir sind die Behörde. Auf wen soll man sich denn verlassen, wenn nicht auf uns?«

»Ich begreife Ihre gottähnliche Stellung vollkommen, Herr Inspektor«, sagte ich, »aber ich bedaure in Ihrem Interesse, daß sie nicht mit Allwissenheit verbunden ist. Aber glauben Sie wirklich und ernsthaft – jetzt, wo wir außerhalb des Gerichtes sind – können wir uns ja gestehen – daß es nicht in der Welt dunklere Mächte gibt?«

»Die Behörde kennt keine dunklen Mächte, Herr«, schrie der Inspektor und bekam einen zornroten Kopf wie in früheren Zeiten.

Dann besann er sich aber, daß er mir ein sanftes Betragen schuldig war, und sagte mit einem Seufzer: »Wenn man solche Dinge von aufgeklärten und gebildeten Städtern hört, dann darf man sich über die Dummheit des Waldvolks wirklich nicht mehr wundern.«

Von da ab sprachen wir nur das Nötigste. Wir fühlten, daß wir uns nicht verstehen konnten. Auch war der Weg steil und die Nebel beklemmten die Brust. Hier und da begegneten uns ein paar Holzfäller, und dann richtete der Inspektor laut und in jovialem Tone eine freundschaftliche Bemerkung an mich, auf daß jeder sehen könnte, daß ich wieder in allen Ehren in die menschliche Gesellschaft aufgenommen war. Als wir auf der Höhe angekommen waren, verabschiedete ich mich.

Mit fliegenden Schritten eilte ich dem Forsthause zu. Ich sah Agnes am Fenster sitzen, wie ich sie schon einmal gesehen, eine Arbeit in der Hand, doch aus düstern Augen ins Leere starrend. Als ich eintrat, lächelte sie mir mit blassen Lippen zu, doch es war ein Lächeln ohne Freude. Dieses Gesicht sah aus, als ob nie mehr Freude darauf leuchten könne und ich erkannte mit tiefstem Schmerz, daß es auch mir nicht gegeben war, ihr solche zu bringen.

»Warum sind Sie wiedergekommen?« fragte sie. »Gehen Sie – ich bitte Sie um alles. Es wird jetzt dunkel hier oben werden. Sie müssen mit versprechen, daß Sie gehen«, wiederholte sie und hob bittend beide Hände. »Jetzt gleich – noch in dieser Stunde.«

Ich fragte nach dem Förster. »Er ist im Dienst«, sagte sie. »Halten Sie sich nicht auf – gehen Sie.«

»Agnes!« bat ich. »Darf ich Ihnen wenigstens schreiben?«

Sie lächelte blaß. »Das dürfen Sie. Aber – ob ich Ihnen antworten kann, weiß ich nicht.«

»Noch diese Nacht lassen Sie mich hier sein!« bat ich. Sie schüttelte den Kopf. »Keine Stunde länger! Wissen Sie, wie es ist«, fuhr sie plötzlich leise fort, »wenn, man einen eisernen Ring um sich schweben fühlt, er wird immer enger, man möchte ihm entrinnen und kann nicht, und schließlich preßt er einem die Brust zusammen bis man erstickt?«

Ich starrte sie an. Das war ja mein Traum gewesen. Hatte sie ihn auch geträumt?

»Ich war beim Köhler-Michel«, fuhr sie fort, »wenige Stunden vor seinem Tode. Ich habe mir alte Geschichten von ihm erzählen lassen. Ich kannte sie alle schon – aber es ist mir nun ganz klar geworden, was ist und was zu geschehen hat. Und nun geben Sie!« bat sie und reichte mir ihre schmale kühle Hand. »Und haben Sie Dank – für alles.«

Ich drückte heftig ihre Hand. Aber es stand ganz fest bei mir, daß ich ihren Wunsch nicht erfüllen würde. Ich würde gehen – zum Schein. Aber diese Nacht wollte ich im Walde verbringen. Ich mußte dem Geheimnisvollen entgegengehen. Vielleicht konnte ich ihr am nächsten Morgen Beruhigung bringen. Ich mußte sie um jeden Preis noch einmal wiedersehen. Ich begab mich auf mein Zimmer und schnürte mein Ränzel, dann verließ ich das Haus. Sie stand nicht mehr am Fenster. Ich ging bergaufwärts zur Almkapelle, wo, wie ich wußte, die Toten des Waldes eingesegnet wurden. Ein alter, als Einsiedler lebender Kapuziner besorgte das und las sonntags auch die Messe. Die hohe Geistlichkeit kam nur zu den großen Festtagen herauf. Rings um die Kapelle war der einfache Friedhof angelegt. Der Totengräber schaufelte eben ein frisches Grab zu. Es war das des Köhler-Michel, der am Morgen bestattet worden war. Ich trat heran und verrichtete ein stilles Gebet. »Das sind alles Opfer«, sagte der Totengräber und wies auf eine Reihe frischer Gräber an der Mauer. »Und sie liegen ein wenig abseits, weil unser Herr Kapuziner doch nicht ganz sicher ist, daß sie eines völlig christlichen Todes gestorben sind.«

»Wie hat es gerade den Michel treffen können?« fragte ich. »Er wußte doch am meisten von allen.«

»Er war übermütig geworden, Herr! Er frohlockte: nun ist der böse Feind fort – nun ist er im Tale von Amts wegen! Und als er nachts ein wenig Holz stehlen ging, was er öfter tat, da hat er seinen Drudenfuß daheim gelassen, von dem er sich sonst nie trennte. Da hat's ihn getroffen.«

Ich wandte mich zum Wald zurück und überlegte, wo ich die Zeit bis Mitternacht wohl verbringen könnte. Mir fiel die Hütte des alten

Michel ein, die jetzt wohl leer stand. In der Tat war die Tür nur angelehnt; der wenige Hausrat war schon weggeschafft worden.

Ich richtete mich ein so gut ich konnte, holte das Päckchen mit Proviant aus dem Ränzel, das mir der Richter am Morgen fürsorglich mitgegeben hatte, und breitete meinen Mantel auf dem Boden aus. Ich wollte schlafen.

Die Stunde, die kam, sollte mich dann im Vollbesitz meiner Kräfte finden.

Der Sturm, der rings um die Hütte pfiff, weckte mich auf. Es war eine Stunde vor Mitternacht. Die Nacht war seltsam, sternenhell, und doch jagten beständig Wolken und Nebelfetzen knapp über den Bäumen vorüber. Ich hatte dergleichen noch nie gesehen. Der Wind warf mich fast zurück, als ich aus der Hütte trat. An der Tür hing noch der eiserne Drudenfuß. Ich steckte ihn an meine Brust.

Mühsam ging ich vorwärts. Meine Haare flogen, der Mantel wehte. Ich wußte, wem ich begegnen wollte, aber nicht, wo ich ihn finden würde.

Das Revier war groß. Aber mir war es, als müsse mich ein innerer Sinn leiten. Fühlte ich mich, schwach und waffenlos, wie ich war, stark genug, der Gefahr gegenüberzutreten, so mußte mich auch mein Gefühl dahin rühren, wo ich mich ihr stellen konnte.

So trieb ich mich unter den ächzenden Tannen eine lange Weile ruhelos hin und her. Endlich kam ich, auf eine Stelle, die ich wohl kannte und von der ich wußte, daß sie im Volke der Tanzplatz hieß. Es war ein runder freier Platz mitten im Walde, ein paar niedrige Felsblöcke lagen verstreut darauf herum. Ich blieb stehen. Noch einmal heulte der Sturm, daß die Bäume sich bogen, dann schien er plötzlich zu schweigen.

Von der andern Seite sah ich eine Gestalt herankommen, eine Frau. Im Sternenschein konnte ich sie deutlich erkennen. Es war Agnes. Sie ging langsam, gerade vor sich hin, wie eine Nachtwandlerin, ihre Augen standen offen, aber sie sah mich nicht. Sie stieg auf einen Felsblock und stand da mit ausgebreiteten Armen, als warte sie auf etwas. Sie sah aus, als hinge sie am Kreuz.

»Agnes!« rief ich, aber der Ton meiner Stimme klang nicht bis über den Platz zu ihr, und ihr Ohr war einer Menschenstimme in diesem Augenblick wohl auch verschlossen. Sie stand, den Oberkörper zurückgebeugt, den Kopf emporgewandt, mit blassen Lippen lächelnd. Sie sah aus, wie jemand, der sagt: ich bin bereit.

Da hörte ich ein Knacken im Gebüsch, knapp neben mir, jenes unheimliche Knacken, das ich schon einmal vernommen. Ein riesiges Tier sprang in schweren Sätzen heraus. Agnes sah es heranstürmen. Sie blieb stehen und lächelte. Das Tier sprang sie an und stürzte sie rücklings herab. Dann aber hörte ich einen Schrei, und es war nicht mehr das schauerliche Geheul des Tieres, wie ich es kannte, sondern ein Schrei aus menschlicher Brust, wie ich ihn nie vernommen. Von der Leiche des Mädchens erhob sich ihr Vater, der Förster; er hob die Arme in die Luft, er schien bis in den Himmel zu wachsen, und der schaurige Schrei der Verzweiflung gellte noch immer aus seiner Brust.

Und es schien mir plötzlich, als halle der Schrei im Walde tausendfältig wieder, ein ungeheures Brausen erhob sich ringsum, und ein Sturm setzte ein, wie ich ihn nie erlebt. Bäume splitterten rings um mich nieder, Wolken jagten knapp am Boden vorüber, alles verhüllend, und ich sah Gestalten in den Wolken, die die Arme ausstreckten. Mit ungeheurer Gewalt rissen diese Riesenarme den Förster zu sich empor und hoben den Leichnam des Mädchens hinauf. Sie jagten weiter, mein Atem verging im Nebel, und der Sturm warf mich zu Boden. Ich weiß nicht, wie lange ich so gelegen, habe. Als ich zu mir kam, heulte der Wind noch immer, aber die Nebel waren durchsichtiger geworden und zogen allmählich vorüber. Nun schienen die Sterne wieder auf den verwüsteten Platz, über dem quer Baumstämme lagen und der mit abgebrochenen Ästen bedeckt war. Ich kroch an den Fuß des Felsens, um zu sehen, ob dort noch eine Spur von Agnes geblieben wäre. Ich fand, ein Fetzchen von ihrem Kleide, das im Heidelbeergebüsch hängen geblieben war. Ich kannte den grünen Stoff mit den Veilchen wohl. Hätte ich ihn nicht in den Händen gehalten, ich hätte dies ganze Erlebnis für einen wilden Traum halten müssen. Ich senkte meinen Kopf auf das kleine Stückchen Stoff und weinte. Als ich es mit zitternden Händen in meiner Brusttasche bergen wollte, entriß es mir ein Windstoß und wirbelte es fort. Ich fand es nicht wieder.

Dann erst kam das Entsetzen über mich. Ich raste im Walde umher und schrie. Es schien mir, als müsse mein Geschrei das Heulen des Windes übertönen. Ich lief zu den Holzfäller- und Köhlerhütten, die ich kannte und flehte die Leute an, herauszukommen, es wäre Unheil geschehen. Drinnen hörte ich die Frauen aufkreischen, ich hörte Gebete murmeln und Riegel vorschieben. Einer von ihnen öffnete mir endlich, ein junger kräftiger Mensch; ich beschwor ihn, mit mir hinauszukommen. Er sah mich mit einem scheuen Blick an und sagte:»He, wissen Sie nicht, was im Walde vorgeht?« Dann schlug er mir die Tür vor der Nase zu. Ich weiß noch heute, daß ein Kreuz und ein Drudenfuß friedlich nebeneinander auf ihr eingeschnitten waren; er wußte eben nicht welcher Schutz sicherer war. Keiner konnte hier helfen, ich wußte es. Dennoch sehnt sich der Mensch in höchster Not nach Menschennähe. Ich irrte umher, ich rief, ich flehte um einen Menschen. Da rief mich eine Stimme an; es war der Forstinspektor.»Es ist gut, daß Sie da sind«, sagte er.»Einer muß mit mir kommen. Die anderen sind feige und fürchten die Nacht. Ich weiß, wer es ist – seit zwei Tagen weiß ich es mit Bestimmtheit. Es ist der Förster.«

Ich schwieg.

»Ich habe diesem frommen Heuchler nie getraut«, fuhr er fort. »Aber der Mann schien seine Pflicht leidlich zu tun, es war nicht gegen ihn anzukommen. Er war länger hier als ich, er ist von einem hohen Herrn der Regierung hierher empfohlen. Er soll aus vornehmem Hause sein und war früher etwas Bedeutendes in der Welt draußen, wurde mir gesagt, was, das weiß ich nicht. Die Behörde hat Rücksichten zu nehmen. Nun aber ist der Augenblick gekommen, ihn zu fassen.«

»Sie werden ihn nicht mehr fassen«, sagte ich. Er sah mich an.»Er ist in einer Welt, in der ihn keine Behörde mehr fassen kann«, fuhr ich fort.»Sie werden mir nicht glauben, aber ich habe es erlebt.« Und ich erzählte alles.

»Herr, Sie haben Fieber«, sagte der Inspektor.»Aber wenn ich von Ihrer Phantastik absehe, die mir leider schon bekannt ist, und von der unwahrscheinlichen Geschichte mit dem Mädchen, so bleibt doch übrig, daß Sie meinen Verdacht teilen. Er kann noch nicht weit von hier sein. Wir müssen suchen.«

Der Sturm hatte nachgelassen und der Inspektor konnte seine Laterne anzünden. Wir suchten das Revier ab. Wir kamen wiederholt an die Stelle, auf der sich alles zugetragen hatte. Wir fanden nichts. Wie hätten wir auch etwas finden sollen?

»Man muß die Frau und die Tochter zunächst vernehmen«, meinte der Inspektor und richtete seine Schritte gegen die Försterei.

»Ich sagte Ihnen ja schon, daß Sie die Tochter nicht mehr vernehmen können!« rief ich. Er schüttelte ungläubig den Kopf.

Der Morgen kroch fahl herauf. Um das Försterhaus herum lief jammernd und halb erfroren die Försterin und rief den Namen ihrer Tochter. Während sie wie immer in solchen Nächten angekleidet auf ihren Betten gelegen hatten und sie ein wenig eingenickt sei, wäre das Mädchen entwichen. Erst als sie von dem Schrei erwachte, entdeckte sie, daß Agnes fort war. Nun wisse sie, daß sie diesmal das Opfer geworden sei. Auch ihr Gatte sei nicht heimgekehrt wie sonst. Alles Unheil stürze auf ihr Haus herab. Wir konnten der armen Frau keinen Trost geben, wir konnten ihr nur sagen, daß wir nichts gefunden hätten, was sie zu beruhigen schien.

Der Inspektor meinte, daß nach seiner Überzeugung Agnes in einer der Waldhütten Schutz vor dem Sturm gesucht habe. Aber, fügte er hinzu, während er sie ins Haus führte, auf etwas Schwereres müsse er sie vorbereiten. Sie müsse im Namen Gottes aussagen, was sie wisse. Denn ihr Mann stehe in dem dringenden Verdacht, Schuld an all dem furchtbaren Unheil zu sein.

Die Frau jammerte auf. Nein, ihr Mann sei ein guter Mann, ein frommer Mann, und er sei es gewiß nicht gewesen. Freilich, fuhr sie in ihrer törichten Art fort, hätte gerade seine düstere Frömmigkeit sie oft erschreckt. Zuweilen wäre er wie aus finsteren Träumen aufgefahren und hätte ihr zugeschrien: Bete! und sie hätte nicht gewußt, warum und wofür. Ob ihr Gatte stets bei Sinnen gewesen wäre, fragte der Inspektor. Jawohl, das sei er immer gewesen, obgleich er Zeiten gehabt hätte, in denen er sehr seltsam gewesen sei. Die genauen Daten könne sie freilich nicht mehr angeben, aber sonderbare Gedanken hätten oft sein Hirn durchkreuzt. So habe er sie vor Jahren einmal gefragt, ob sie sich nicht ferner, urferner Zeiten entsinne? Sie aber hätte sich nur bis in ihr drittes Jahr erinnern können und von einem Schäfchen erzählt, vor dem sie sich damals sehr gefürchtet hätte. Da sei er ganz zornig geworden, dem so hatte er es nicht gemeint. Dann habe er sich zuweilen mit den Händen an die Schläfen gegriffen und sei im Zimmer auf und ab gelaufen, wie einer, der sich an etwas erinnern wolle und nicht könne. Namentlich in diesem Sommer sei er seltsam geworden, manche Tage ganz verfallen und dann wieder so mächtig von Gestalt wie in seinen jungen Jahren, als sie sich in ihn verliebt hatte. Aber er wäre immer ein guter Mann gewesen. Allerdings hätten sie sich durch sein wunderliches Wesen voneinander entfernt; Agnes dagegen habe ihren Vater viel besser verstanden. Wenn Agnes käme, könnte sie vielleicht Dinge erklären, für die sie, die Försterin, zu töricht sei. Ich wandte mich schmerzvoll ab. Agnes, das wußte ich, kam nicht wieder. Der Inspektor hatte sich Notizen gemacht. Nun empfahl er der Frau, ein wenig zu ruhen. Der Morgen würde Klarheit bringen. Ich erbot mich, zu bleiben. Sie legte sich erschöpft auf ihr Bett. Ich ging in meine alte Kammer hinauf und sah zu, wie es über dem Walde Tag wurde.

VI.

Nun zogen Herbsttage von so goldener Klarheit herauf, wie ich schon einen erlebt, ich sah sie mit den Augen, aber mein zerrissenes Gemüt fühlte sie nicht mehr. Alles geschah, was von Amts wegen geschehen mußte. Der Richter kam in eigener Person herauf, um den Tatort zu besichtigen und die Försterin zu vernehmen. Es war klar, daß die Frau vollkommen ahnungslos war, und um all das Geschehen nichts wußte.

Nicht so sicher stand es seiner Meinung nach um Agnes. Namentlich der plötzliche Tod Martins belastete sie, so fand er. Ich erzählte nochmals, was ich erlebt hatte. Er hatte nur ein Lächeln dafür. Nach seiner Überzeugung hatten der Förster und seine Tochter das Weite gesucht. Die Behörde würde sie zu finden wissen. Die Behörde fand sie nie.

Ich blieb noch so lange, bis ich Gewißheit über das fernere Schicksal der Försterin hatte, der ich mich bis zu einem gewissen Grade verbunden fühlte. Ihr Bruder, ein Handelsherr aus Augsburg, den man sofort von dem Verschwinden des Försters und seiner Tochter verständigt hatte, holte sie zu sich. Als sie fort war, war auch meine Abschiedsstunde gekommen. Alle, die ich gekannt, waren von einem furchtbaren Verhängnis niedergemäht worden. Nur der Forstinspektor war noch hier, aber ich fand ihn in sehr gedrückter Stimmung. Die Regierung hatte ihm ihre schärfste Mißbilligung darüber ausgesprochen, daß es ihm nicht gelungen war, die Vorgänge aufzuklären. Nun würde er wohl in eine untergeordnete Stellung versetzt werden. Die Versetzung freilich schmerze ihn am wenigsten. Er habe selbst gefühlt, daß er hierher nicht tauge. Er bat mich noch, zu bestätigen, falls ich von der Regierung aus gefragt würde, daß er seine Pflicht stets auf das genaueste erfüllt habe. Das konnte ich ihm versprechen. Es hat mich aber nie jemand gefragt

Ich bin dann zu Fuß heimgewandert, erst nach Linz und dann donauabwärts nach Wien. Ich brauchte viele einsame Tagemärsche, um mich zu fassen und das Geschehene zu überdenken, auf daß ich mit ruhigem Gesicht den Meinigen gegenübertreten konnte. Ich bin, so scheint es mir, an manchem Schönen vorbeigekommen, an wunderlichen Flußkrümmungen, an verfallenen Burgen und traubenbeschwerten Weinbergen, aber ich habe nichts Rechtes mehr erfaßt und gesehen. Meine Mutter meinte, ich sähe übel aus, blasser und schmaler als da ich ausgezogen sei. Ich schob es auf den vielen Regen und erzählte nur, ich sei längere Zeit in einem Försterhause geblieben, wo ich in bezug auf Essen und Wohnung ganz gut aufgehoben gewesen sei. Damit war meine Mutter beruhigt. Bald nach mir kam mein Reisegefährte zurück, der seinen Liebeskummer erfolgreich im Salzburger Peterskeller ertränkt hatte. Er hatte wohl von seltsamen Vorfällen in den Bergen, auch beiläufig von der irrtümlichen Verhaftung eines Wieners gehört, aber nach seiner Art hatte er sich für das, was ihn nicht unmittelbar betraf, nicht interessiert.

Ich habe dann noch viele Jahre gelebt, aber es scheint mir, als sei mein eigentlichstes Erleben mit jenem Ereignis abgeschlossen gewesen. In die Wälder bin ich nie mehr gekommen, wiewohl mit der Zeit Eisenbahn und bessere Wege das Reisen erleichtert hatten. Aber es schien mir, als müßten die Wesen, die den Wald beleben, vor solcher Menschenherrschaft die Flucht ergreifen. Wohin haben sich die ganz Vertriebenen nun gewandt? Die Natur schien mir nichts mehr ohne sie, und doch hätte ich nicht mehr die Kraft gehabt, ihnen zu begegnen. Ich habe weiter gemalt, erst noch mit Erfolg, dann aber mit stetig abnehmendem, denn die Miniatüre kam aus der Mode, und als es auf das Jahr achtundvierzig zuging, wollte niemand mehr etwas von Heiligenbildern wissen. Vor kurzem erst habe ich ein Madonnenbildchen von mir, sehr zerkratzt und abgeschunden bei einem Antiquar wiedergefunden, der es mir um den Wert des Elfenbeinplättchens abließ. Mein Onkel, jetzt schon sehr alt, meinte triumphierend, er habe gleich gewußt, daß es mit der Spielerei auf die Dauer nicht gehen werde, und er nahm mich als Zeichner in sein Geschäft. Da ich nun schon in die Jahre kam und nach dem Tode meiner Mutter einsam war, habe ich geheiratet. Sie hieß Barbara und war auch gut, ich wüßte nichts von ihr zu sagen, als daß sie mir immer ein braves Weib gewesen ist. Sie war fromm, glaubte an Gott und den Teufel, weil sie es in der Kirche so gehört hatte, aber wenn ich versuchte, ihr von dem Dunklen zu sprechen, das sich hinter dem Glauben und neben ihm verbirgt, sah sie mich erstaunt an und verstand mich nicht. Meine Kinder aber glaubten überhaupt nichts mehr, sie waren Geschöpfe einer Zeit, die sich der

Freiheit, Erkenntnis und Aufklärung rühmte, und wenn ein Ungemach sie traf, so klagten sie über Ungerechtigkeit des Schicksals, obgleich sie niemanden über sich anerkannten, der Gerechtigkeit oder Ungerechtigkeit zu üben hatte. Sie waren aber alle erfolgreich im Leben, erfolgreicher als ich, und heute geben sie dem alten Vater das Gnadenbrot. Es ist inzwischen Herbst geworden, ich habe viele Nächte mit zitternden Fingern geschrieben, denn es geht recht langsam, und es will mir scheinen, als käme die dunkle Stunde immer näher. Ich stecke diese Papiere in das Geheimfach eines alten Sekretärs; meine Kinder und Enkel werden sie nicht finden. Sie werden gleich nach meine Tode, das weiß ich ganz genau, die paar alten Stücke, die mir aus früherer Zeit geblieben sind, zum Trödler wandern lassen. So ist es mir, als schickte ich dies in die Welt, zu einem Unbekannten, der es finden wird, der es vielleicht versteht, besser als jene, die meine Nächsten sind. Ich grüße diesen Fremden mit Rührung. Vor meinen alten Augen wird es finster. Wird mich die Mutter Gottes, deren zerkratztes Bildchen vor mir steht, liebevoll in ihre mütterlichen Arme nehmen? – Werde ich in ein wilderes und dunkleres Reich der Schatten eingehen, nach dem sich meine Seele oft gesehnt hat? Bald werde ich es wissen – sehr bald.

Über tredition

Eigenes Buch veröffentlichen

tredition wurde 2006 in Hamburg gegründet und hat seither mehrere tausend Buchtitel veröffentlicht. Autoren veröffentlichen in wenigen leichten Schritten gedruckte Bücher, e-Books und audio-Books. tredition hat das Ziel, die beste und fairste Veröffentlichungsmöglichkeit für Autoren zu bieten.

tredition wurde mit der Erkenntnis gegründet, dass nur etwa jedes 200. bei Verlagen eingereichte Manuskript veröffentlicht wird. Dabei hat jedes Buch seinen Markt, also seine Leser. tredition sorgt dafür, dass für jedes Buch die Leserschaft auch erreicht wird.

Im einzigartigen Literatur-Netzwerk von tredition bieten zahlreiche Literatur-Partner (das sind Lektoren, Übersetzer, Hörbuchsprecher und Illustratoren) ihre Dienstleistung an, um Manuskripte zu verbessern oder die Vielfalt zu erhöhen. Autoren vereinbaren direkt mit den Literatur-Partnern die Konditionen ihrer Zusammenarbeit und partizipieren gemeinsam am Erfolg des Buches.

Das gesamte Verlagsprogramm von tredition ist bei allen stationären Buchhandlungen und Online-Buchhändlern wie z. B. Amazon erhältlich. e-Books stehen bei den führenden Online-Portalen (z. B. iBookstore von Apple oder Kindle von Amazon) zum Verkauf.

Einfach leicht ein Buch veröffentlichen: **www.tredition.de**

Eigene Buchreihe oder eigenen Verlag gründen

Seit 2009 bietet tredition sein Verlagskonzept auch als sogenanntes "White-Label" an. Das bedeutet, dass andere Unternehmen, Institutionen und Personen risikofrei und unkompliziert selbst zum Herausgeber von Büchern und Buchreihen unter eigener Marke werden können. tredition übernimmt dabei das komplette Herstellungs- und Distributionsrisiko.

Zahlreiche Zeitschriften-, Zeitungs- und Buchverlage, Universitäten, Forschungseinrichtungen u.v.m. nutzen diese Dienstleistung von tredition, um unter eigener Marke ohne Risiko Bücher zu verlegen.

Alle Informationen im Internet: **www.tredition.de/fuer-verlage**

tredition wurde mit mehreren Innovationspreisen ausgezeichnet, u. a. mit dem Webfuture Award und dem Innovationspreis der Buch Digitale.

tredition ist Mitglied im Börsenverein des Deutschen Buchhandels.

Dieses Werk elektronisch lesen

Dieses Werk ist Teil der Gutenberg-DE Edition DVD. Diese enthält das komplette Archiv des Projekt Gutenberg-DE. Die DVD ist im Internet erhältlich auf **http://gutenbergshop.abc.de**